Jakob Julius David

Hagars Sohn

Schauspiel in vier Akten

Jakob Julius David

Hagars Sohn
Schauspiel in vier Akten

ISBN/EAN: 9783743353435

Hergestellt in Europa, USA, Kanada, Australien, Japan

Cover: Foto ©Andreas Hilbeck / pixelio.de

Manufactured and distributed by brebook publishing software (www.brebook.com)

Jakob Julius David

Hagars Sohn

J. J. David.

Hagars Sohn.

Schauspiel in vier Akten.

Wien 1891.
Verlag von Leopold Weiß.
I. Bez., Tuchlauben 7.

Personen:

Matthäus Sieverroither.
Christian Mittermeyer.
Josua Pollender.
Marcus.
Stefan.
Der schwarze Student.
Der Bauer vom oberen Bühl.
Der Bauer von Lechof.
Anna Obweger.
Christine Mittermeyer.
Barbara.

Ort: Die Sieverroith nächst Gmunden.

Zeit: 1626, als das letzte Jahr des oberösterreichischen Bauernaufstandes.

I. Akt.

Die Sieverroith. Fast festungsartig gebautes Wohnhaus. Daran schließen sich Stallungen. Das Ganze ist nach rechts begrenzt von einer starken Mauer mit hohem Thor, das offen steht. Man sieht hindurch in's Grüne, Kuppen und Bergesgipfel sind im Hintergrunde anzudeuten. In der Mitte des Hofes ein großer Nußbaum mit einer umlaufenden Bank.

1. Szene.

Stefan, Marcus.

Stefan (sich auf der Bank rätelnd). Meinst nicht, Zeit wär's?

Marcus. Die Sonn zeigt noch nicht die Eilfte.

Stefan. Aber hungrig bin ich, es dürfte schon noch später sein! Nun ja, wenn man sich so plagt!

Marcus (spöttisch). Freilich, wenn man sich so plagt!

Stefan. Du! nachspötteln lass' ich mir nicht! Daß Du es nur weißt!

Marcus. Hast recht. Ich ließe mir es auch nicht.

Stefan. Du!

Marcus. Na, willst Du was?

Stefan (einlenkend).! Es wird doch nicht, wird doch nicht. Nein, nein. Wir haben ja nichts mit einander. Aber wenn ich mir denke, der freche Kerl, der Christian, käme mir so, erschlagen könnt ich ihn und hernach ginge ich ruhig schlafen.

Marcus. Nun ja, weil Du es so nur bei Nacht probiren möchtest. Und nachher könnte es immer noch schief gehn.

Stefan. Du!

Marcus. Es ist nur, weil Du noch so gar kurz auf der Sieverroith bist, sonst redetest Du nicht so. Es traut sich keiner an ihn, nicht einmal ich, und hab ihn doch genug gepufft und gestoßen, weil er noch klein und ein lediges Kind auf dem Hofe war.

Stefan. So lang bin ich freilich nicht da.

Marcus. Wirst auch nicht so lange da bleiben.

Stefan. Ich möchte auch gar nicht. Es gefällt mir nicht so, daß ich mir's wünschen sollte.

Marcus. Beim Sieverroither gefällt's Dir nicht? Auch gut, da sieht man halt, wieviel daß Du Ehre im Leibe hast.

Stefan. Nein! Mir gefällt's nicht. Da war ich bei einem Bauern bei Wels. War ein armer Teufel neben dem Sieverroither, hat nicht gehabt, seine Huf= nägel zu bezahlen. Aber lustig war's, lustig. Hier aber: Arbeiten heißt's den ganzen Tag. Keinen Dank bekömmst Du dafür. Und der Bauer geht herum und achtet keinen Menschen nicht, und schau nur ein Mädel an — gleich hast ihn vor Dir und Du erschrickst vor ihm. Ich hab nichts, als was ich im Leben habe. Da laß ich mir nichts verderben.

Marcus. Weil wir ehrbare Evangelische sind. Das ist katholisch Unwesen, was Du verlangst. Es wünscht sich's keiner als Du. Sondern wir wandeln die Wege des Herrn und trachten nach seiner Gnade.

Stefan. Kann sein. Aber lustiger ist's anders.

Marcus. So werde katholisch.

Stefan. Ich möchte so; war's so.

Marcus. Na?

Stefan. Na, und weil alles evangelisch worden ist, so bin ich's halt auch worden. Aber lustiger war's vordem, lustiger! Nichts hören, wie vom Wort Gottes und vom evangelischen Bauern-Regiment. Nicht einmal lachen darf man in dem Haus! Und was geht mich das Bauern-Regiment an? das Knechte-Regiment — das wär eher mein Fall; aber das kömmt so fein Tag nicht. Kein Ablaß, keine Sünde. Ohne den einen ginge es leichter — aber die andere!

Marcus. Pfui, Du schlechter Teufel!

Stefan. Meinetwegen. Ihr seid mir zu heilig, zu heilig. Die schon gar.

(Er deutet auf Anna hin, die aus dem Hause getreten ist und die Glocke läutet. Auf den Ton setzen sich Stefan und Marcus dem Hause zu in Bewegung. Andere kommen und legen ihr Arbeitszeug ab.)

2. Szene.

Die vorigen. Anna.

Stefan (drängt sich an Anna; leise). Annerl!

Anna (laut). Bin nicht seine Annerl.

Stefan. Wenn Du's aber werden möchtest?

Anna (wie oben). Nachher wär' ich erst was Rechts.

Stefan. Mein Schatz, mein Herzensschatz wärst nachher.

Anna. Gelüstet mich weiter nicht.

Stefan. Schau, wenns den Christian laufen ließest und mit mir gingest!

Anna. Hab nichts mit dem Christian.

Stefan. Also zeig's denen und geh mit mir!

Anna. Nicht einmal bis zur Kirchen!

Stefan. Solltest doch nicht so stolz sein; ein ledig Kind.

Anna (erst heftig, darnach ruhig und mit Betonung). Bin mir noch gut genug. Viel zu gut für Dich! Ein ledig Kind bin ich und ledig bleib ich. Du aber gibst mir Ruh oder ich red mit dem Sieverroither; was hernach wird, das kannst Du Dir denken. (Stefan ab.)

Marcus. Bist brav, Annerl. Kannst schon so bleiben, wie Du bist. Aber hat der Lump immer noch nicht genug von Dir?

3. Szene.

Die vorigen außer Stefan. Josua Pollender.

Josua Pollender (tritt auf; zu Marcus). Der Sieverroither zu Haus?

Marcus. Nein.

Pollender. Oder weißt vielleicht, wo er ist?

Marcus. Nein.

Pollender. Oder weißt, wann er heimkommt?

Marcus. Nein.

Pollender (bei Seite). Recht leutselig sind sie schon auf dem Hof! (Lauter.) Da kommt man so weit her und ich hoff mir eine Tröstung und derweil... Meinen Hof haben sie mir verbrannt und jetzt ästimirt mich niemand mehr.

Anna (zu Marcus). Mußt nicht gleich so grob sein. Siehst, er ist gar ein Bauer.

Marcus. Geht mich nichts an. Ein Knecht beim Sieverroither ist mehr wie ein Bauer anderswo. Du machst Dich auch gar zu gemein mit jedem. Annerl, das thut kein gut. Kommst? Daß wir wieder sitzen können neben einander. Drängt sich sonst wer an Dich, der Dir's nicht so gut meint und dem Du's nicht so gönnst.

Anna. Gleich. Es fehlt mir nur noch wer...

Marcus. Ist er nicht im Haus drin? Wird schon drin sein! Er geht ja immer für sich, der Christian.

Anna. Ich hab ihn nicht gesehen. (Zu Pollender.) Gleich muß er kommen, der Sieverroither. Weißt, er ißt nicht mit uns. Nun, er hat es eben früher nicht können, nicht aus Hochmuth, sondern weil er es nicht können hat und ist es jetzt schon so gewöhnt. Aber, er geht derweilen im Hof herum und schaut, wie alles geht, oder sinnirt auch nur. Das thut er jetzt gar so gerne. Also: Deinen Hof haben sie Dir verbrannt?

Pollender. Ja, die Baiern. Gott straf sie, die Hund! Ein Bettler bin ich, ein Bettler auf meine alten Tage.

Anna. Und wir haben es so ruhig hier. Wir spüren gar nicht, daß etwas vorgeht in der Welt. Käm nicht alleweil wer, der Hilfe will.

Pollender. Wundert mich auch. Vielleicht weil die Sieverroith so abseits liegt?

Marcus. Der Narr! Möcht's nur wissen, wer sich an den Sieverroither traut! Kommst, Annerl? Meine Essenszeit will ich doch auch haben.

Anna. Schon, schon. Behüt' Dich Gott. Da hast ihn auch schon, den Bauern. (Beide ab.)

4. Szene.

Matthäus Sieverroither. Pollender.

Pollender. Grüß Gott, Sieverroither!

Sieverroither. Zurück, wie's gemeint ist. Wer bist? Was willst?

Pollender. Nichts bin ich und bitten möcht' ich...

Sieverroither. Also: wer warst?

Pollender. Ein Bauer war ich. Josua Pollender. Ein Stund zwei von Lambach.

Sieverroither. Und?

Pollender. Nun, und die Baiern haben mir meinen Hof verbrannt und ich habe mich kaum vor ihnen errettet. Aber der Herr war mit mir.

Sieverroither. Die Baiern? Sind die wieder im Land? Und sieht man ihnen zu?

Pollender. Jetzt — weißt Du denn nichts? Von allen Seiten kommen sie — es ist Dir grausam, was sie wirken. Ich hab nie was gethan. Gar nie. Still bin ich gesessen und mein Körndl hab ich gebaut. Und wir haben ja auch Ruh gehabt, ganz schöne Ruh gehabt. Und auf einmal — weinen möcht man, um nur nicht zu fluchen. Nur weil meine zwei Buben beim Regiment in Wels stehen, zünden sie mich an. Ist das erhört? Kann ich was dafür für meine Buben? Woher wissen sie, daß es mir recht ist? Gleich anzünden!

Sieverroither. Und Du hast zugeschaut?

Pollender. Nu, was willst machen? Freilich, hernach, wie sie fortreiten und ich liege im Wald, da knallt's neben mir und Einer fliegt vom Gaul. Muß wer Großer gewesen sein, sie sind Dir nämlich nicht schlecht durcheinander gelaufen danach. Dafür haben sie's Holz angesteckt.

Sieverroither. Die Hunde! (Setzt sich.) Und jetzt: was willst von mir?

Pollender. Helfen sollst Du mir. Du hast Geld, leih mir eins, daß ich bauen kann.

Sieverroither. Geld? Leihen? Das nicht!

Pollender. Um die evangelische Gleichheit!

Sieverroither. Geld? Nein. Gar jetzt! Wenn's Dich morgen wieder anzünden?

Pollender. Dann ist es Schickung und man muß sie nehmen.

Sieverroither. Nein. (Geld nicht. Bleib bei mir und Du kannst alles haben, was Du brauchst. Ist erst Ruh im Land, so will ich Dir helfen mit Roß und mit Hand, bauen. Aber jetzt nicht und Geld gar niemals, niemals. Wüßt nicht, woher es nehmen. Hab nichts Baares.

Pollender. Der Sieverroither?

Sieverroither. Derselbe.

Pollender. Ist aber ein bitter Brot, das Gnadenbrot. Kann mir nicht denken, wie ich's essen soll!

Sieverroither. Nimmst es auch als Schickung. Darfst arbeiten dafür. Hat jedes seinen Packen.

Pollender. Du auch.

Sieverroither. Und meinen schweren! Gewiß: reich bin ich und es gibt keinen Bauern im Land, der den Sieverroither nicht kennt und nicht Hut zieht vor ihm. Aber: weil ich stark bin, hab' ich schwer, bald zu schwer aufgeladen bekommen. Da ist mein Weib gestorben...

Pollender. Gott nehme sie in die Gnade und gebe Dir seinen Trost.

Sieverroither (aufstehend). Verstehst mich nicht. Ich habe sie rechtschaffen gerne gehabt und getrauert um sie. Aber daß sie sterben muß, das hab' ich gewußt. Nur gar so lang hat sie sich geplagt und gemartert.

Pollender. Und wieso? Da hört man kein Wort.

Sieverroither. Von dem, was da hier geschieht, hört man gar nie ein Wort. Aber wissen kannst es schon: Also, ich habe kaum geheiratet gehabt und führ mein jung und schön Weib in den Wald und zeig ihr, was ihr alles gehört. Jung war ich auch noch — immer erst ein vierzig Jahr, weil ich nicht habe anfangen wollen zu hausen, so lange meine Eltern gelebt haben, weil nämlich zwei Herren immer kein gut thun auf einem Grund. Und wie ich seh, was hübsch sie ist und wie sie lacht vor Lust im Grünen, da sagt sie auf einmal: Ich lauf, ich lauf, Du, fang mich. Und sie läuft und ich nach und mach' die Dummheit mit, nicht gar gern, und sie will sich fangen lassen und wieder nicht und sieht zurück und lacht mich an mit weißen, ganz weißen Zähnen und die Augen lachen mit. Und auf einmal strauchelt sie, schreit mir auf und fällt auf den Rücken und kann mir nicht mehr aufstehen. Ich heb sie auf und trag sie nach Hause, und so ist sie mir 25 Jahre gelegen. Das ist Schickung. Das probier einmal. Aber ich kann keines mehr lachen sehen, seitdem . . .

Pollender. Das ist arg. Aber sag: willst mir nicht helfen?

Sieverroither (streng). Jetzt red ich. Also: 25 Jahr liegt sie mir so. Denk Dir das aus, wenn Du's kannst: ein junger, starker Mann und ein Weib, das man nicht einmal anrühren kann. Und so ein Hof — es gibt keinen solchen in der Welt und kein Erbe! Und scheiden lassen? Das wär meinen Leuten freilich recht gewesen. Aber unfromm und niederträchtig wär's auch, und das soll mir niemand nachsagen. Und dann — so gar fromm ist's geworden: gebetet und gesungen hat's und erzwingen wollen hat's die Gnade, und ich habe mich endlich gefürchtet vor ihr und ihrer Heiligkeit. Kein Freud zu Haus — kein Freud in der Welt. Und bist eine Stunde länger weg — so hat sie ihre Angst und ihre Zuständ und kann gar nichts nehmen, wie es kommt. Und das soll der Mensch doch oder er verträgt sein Leben nicht und niemand, der's mit ihm hat. Ich aber — schweigen! Oder mit wem soll ich reden? Mit meinem Knecht?

Pollender. Und Dein Hof? Was wird mit dem?

Sieverroither. Ist meine Sach. Da sorgt man schon vor.

(Lärm aus dem Hause, immer steigend, während der letzten Worte. Endlich springt die Thür auf; Stefan stürzt heraus, hinter ihm Christian, dann die anderen.)

5. Szene.

Die vorigen. Stefan. Christian. Die anderen.

Christian. Noch ein Wort und ich erschlag Dich.

(Rufe: Auseinander! Auseinander! Halt's den Christian! Christian!)

Sieverroither. Auseinander! Wird's? (Sie fahren auseinander.) Was gibt's schon wieder?

Stefan (schreiend). Nicht einmal die Wahrheit reden darf man auf dem Hof!

Christian (losfahrend). Jetzt aber!

Sieverroither (zu Christian). Ruhig! Oder... Was war's?

Stefan. Kann ich was dafür, daß er ein ledig Kind ist?

Marcus. Jetzt darfst ihm eins geben, Christian. Aber gehörig, daß er nimmer aufsteht.

Anna. Halt Dich, Christian!

Christian. Gar ist's jetzt mit Dir.

Sieverroither. Du! ruhig sag' ich!

Anna. Der hetzt ihn aber auch immer.

Marcus. Und sein Glauben — keinen gefaulten Apfel geb ich dafür!

Sieverroither. Hat Euch wer um Eure Meinung gefragt?

Anna. Und mir gibt er auch niemals eine Ruh.

Sieverroither. Das ist wieder was anders. Der Christian kann sich schon helfen. Du nicht. Dir aber sag ich, Stefan: Du gefällst mir nicht und dem ist's nicht gut, der mir nicht gefällt. Noch einmal und Du wirst schauen. Hat's schon so mancher gethan. Du, Christian, Du bist mir zu trotzig; ich kann dich schon brechen. Und jetzt: an die Arbeit, sag ich! Marsch!

Christian. Ich mag nicht.

Sieverroither. Magst nicht auf's Feld? So wirst halt Strohbänder machen.

Christian. Weiberarbeit? Just nit!

Sieverroither. Wirst? Bursch!

(Der Lärm hat Christinen hervorgelockt. Sie steht unschlüssig, von Anna unterstützt, in der Coulisse.)

Sieverroither (sieht sie; noch heftig und befehlend). Wie lebst alleweil?

Christian. Schrei nicht so mit ihr! Siehst nicht, was sie sich fürchtet?

Sieverroither. Misch Dich nicht ein. An Dein Ding geh, sag ich. Nun, Christin?

Christine (zuckt zusammen und wagt ihn überhaupt nicht anzuziehen). Ich dank schön. Ich dank auch schön. Ich leb noch.

Sieverroither (weicher). Noch! Du wirst schon noch lang leben und gut leben. Ist Dir lange genug schlecht gegangen dafür.

Christine (wie oben). Na, na. Ich mag nicht. Ich verlang mir's nicht. Ich dank schön.

Sieverroither. Wirst Dir's nachher schon verlangen. (Zu Pollender.) Wir gehen essen.

Pollender. Ja, gern. Aber wer ist die Person?

Sieverroither. Ein armes Mädel. Sie ist halt bei mir.

Pollender (im Abgehen). Du hast aber viele Knechte!

Sieverroither. Bei so einem Hof!

Pollender. Scheint mir doch, mehr als genug.

Sieverroither. Geht keinen was an. Ich zahl's. Und dann — wer weiß, wie viel Fäuste man heutigen Tages brauchen kann.

Pollender. Es sind trotzige Burschen!

Sieverroither. Der hat gern Wolfshund, der hat gern Spitz. Sind nicht meine Sache, die Spitz.

Pollender. Und wer ist der stärkste?

Sieverroither. Der werd noch immer ich sein.

Pollender. Und darnach?

Sieverroither. Ich denk, der Christian.

Pollender. Du, der scheint mir schon eher ein Wolf als ein Wolfshund.

Sieverroither. Ist mir Recht, wie er ist. Kann schon so sein. (Sie verschwinden im Hause.)

(Während dessen ist Christine mit Anna mühsam dem Nußbaum näher gekommen. Christine ist nicht alt, aber sehr vergrämt, spricht heftig und stoßweise.)

Christine. Ich dank Dir. So, ich sitze schon ganz gut. Jetzt geh. Ich bitt Dich geh! geh! Du thust einem gar nicht gut, mit Deiner Gutheit.

(Anna ab, der Hof ist völlig leer. Christian macht ihr gegenüber Strohbänder. Beide sprechen gleichzeitig, aber nicht zu einander.)

6. Szene.
Christian. Christine.

Christian (ein Strohband ausziehend und prüfend). Ist stark genug. Wär gut für den Stefan. — Und das da? Wüßt schon, wem Du passen könntest. — Und das? das ist auch gut. Ich wär nicht in Sorgen! Soviel kann ich gar nicht fertig machen, als ich Leute dafür wüßte. Eins für jeden und ein Baum im Walde der Sieverroith für jeden! Ich wollte, ich könnte!

7. Szene.

Christine. Daß sie einen nie allein lassen! Gar nie allein! Ich mag sie nicht, mag keinen, keinen! Ja, du liebe Sonne, du liebe Zeit! Was ihr alles anschauen müßt! Und da scheint die Sonn und es ist völlig, als müßte man völlig gesund werden wieder. Ich mag nicht, ich mag nicht. Nein, nein. Aber ich habe mir oft gedacht, wenn die Sonne scheint im Winter auf's Erdreich und das möchte treiben und hat die Lust in sich zum Blühen und kann's nicht vor'm Schnee, vor'm Schnee — wie muß das da dem Erdreich sein! Curios, was einem alles einfällt. Curios ...

8. Szene.

Christian (wie oben). Und das da ist gar stark. Da gehört ein Großer daran. Ganz ein Großer.

Christine. Christian!

Christian. Gleich.

Christine. Christian!

Christian. Was will die Mutter schon wieder?

Christine. Mußt nicht so mit mir reden. Schau, mir ist gar nicht gut.

Christian. Mir just auch nicht.

Christine. Ich werd's nimmer lange machen.

Christian. Ich wünsch's auch keinem von uns beiden.

Christine. Um alle Gnade und Barmherzigkeit, red nicht so.

Christian. Ich kann nicht lügen.

Christine. Aber reden muß ich noch, ich muß Dir noch sagen ...

Christian. Ich verlange mir's nicht, ich habe nicht darum gefragt. Hat noch eine jede eine Ausrede gehabt.

Christine. Christian, sei nicht so.

Christian. Nun ja, Du hast was davon gehabt oder geglaubt, Du wirst was davon haben. Oder hast Dich unterhalten dabei oder Dir ist doch wenigstens was dabei versprochen worden. Aber ich? Mir graust, wenn ich denke, wie's war von Kindheit auf. Geschlagen haben sie den Buben wie einen Hund, bis er gebissen hat nach ihnen. Kein gutes Wort durch so viel Jahre. Und erst heute: ich lasse mich nicht schimpfen: eine Kinderspott- arbeit soll ich machen dafür. Ich nehme mich an um Dich; nun ja, das hast Du selber gehört. Unrecht leiden alle Tag. Und ist's heute nicht mehr gar so — warum? Weil ich der wilde und der starke Christian bin. Und sie sollen mir nicht mehr so kommen, keiner — oder...

Christine. Laß mich reden. Ich habe nichts gehabt, nur Kränkung und Schande.

Christian. So dumm! Ist nur Deine Schuld.

Christine. Laß mich reden. Ich habe lange genug geschwiegen und thät's jetzt noch, hätte ich nur noch Zeit dazu. Aber ich muß mich tummeln, sonst wird's zu spät. Da war ich einmal, noch vor Dir, auf einem Hofe. Der Bauer hat mich gerne gesehen. Ich aber hab ihn nicht lieb gehabt. Nicht einen Augenblick lang.

Christian. Und doch! O Du...

Christine. Laß mich reden. Ich werd's nicht mehr lange können. Also: — Wo war's nur? Ja. Der Bauer hat mich gerne gehabt und der Hof lag in der Einöde, und ich war froh mit dem guten Dienst, und ich hab mich nicht fortgetraut und vor dem Bauern hab ich mich gefürchtet sehr und die ganze Zeit und dann —

der Herr. Also, so ist's geschehen, ich hab nicht Schneid gehabt, ihm nein zu sagen . . .

Christian. Und er?

Christine. Er — er hat ein Weib gehabt, die war immer krank und ich glaube — er hat sich gefürchtet vor ihr und ich habe sie gepflegt. So hat er mich immer finden können, wenn er hat wollen, und drangsaliren und ich habe nie einen Muth gehabt gegen ihn.

Christian. Und hast ihn nie gemahnt: Thu was für Dein Kind?

Christine. Ich hab mich nicht getraut.

Christian. Und er?

Christine. Er hat mich immer vertröstet auf dann und dann.

Christian. Und dann — bist nicht aufgestanden vor der Gemeinde und hast gesagt: Helft mir?

Christine. Wer hätte mir geglaubt gegen ihn? Wer traut sich gegen den?

Christian. Mutter, so gibt's nur einen . . .

Christine. Und wenn's der war?

Christian. Mutter!

Christine. Und wenn's der war?

Christian. Der!

Christine. Der.

Christian. Der! Und hat zugesehen, wie sie mich herumgeschupft haben wie keinen jungen Hund! Und hat keinen Finger gerührt für sein eigen Blut und hat kein Kind und niemand. Und Du hast niemand, der darum weiß?

Christine. Niemand! um Gotteswillen schweig!

Christian. Ich muß, wenn er nicht redet. Und er wird's nicht. Hat er so lange geschwiegen, warum mit eins nicht mehr. Sag's noch einmal: Wer war's...

Christine. Du weißt schon.

Christian. Der! Der Heilige! Und wenn er vorgebetet hat beim Vaterunser und wir haben gesagt: „Und vergib uns unsere Schuld, als auch wir vergeben unseren Schuldnern", so ist er dagestanden, als thäte er nur so beten und weil es so geschrieben steht, und wüßte von keiner Sünde in sich. Der! O!

Christine. Christian, um Gotteswillen! Christian, mir wird schlecht. Versündige Dich nicht! Denk an Gott.

Christian. O, und weiter schweigen und sich's Herz abfressen lassen, wie Du Dir's abgefressen hast, und er lobt Gott vor der Gemeinde und ist der Fromme.

Christine. Um Gotteswillen, Christian!

Christian. Der! Der Heilige. Wart!

(Der Vorhang fällt.)

II. Akt.

Szene: Große, entsprechend ausgeschmückte Stube eines reichen Bauern. Nur darf gar kein Bild an den weißgetünchten Wänden sein. Eine umlaufende Bank mit Knechten darauf. In der Mitte ein sehr langer Eichentisch mit hochlehnigen, schmalen Stühlen. Eine Thür führt in's Nebengemach, eine zwischen der Bank in das Freie. Nachmittagsstimmung.

1. Szene.

Stefan. Marcus. Knechte. Am Tische sitzen Josua Pollender und die alte Barbara.

Pollender. Gar so erbaulich hat er heut die Andacht gehalten, der Sieverroither.

Barbara. Ja, ja, gar so erbaulich. Er redet einem ordentlich in's Herz und legt das Wort Gottes aus, wie sich's gehört.

Pollender. Ueberhaupt ein Mann, der in der Gnade des Herrn wandelt.

Barbara. Ja, ja, so ist er.

Marcus (von der Bank her). Was die heut wieder zusammenhimmeln über den Sieverroither.

Stefan (von der Bank). Bettelmann und Nichtsnutz. Der pfeift, die singt dem Sieverroither zu Ehren.

Pollender. Schlechtes Volk! Aber der Herr wird Euch heimsuchen und an Euch die Kraft seines Armes zeigen, wie er es an mir gethan hat.

Marcus. Da hat er sich nicht gar sehr anzustrengen gebraucht, der liebe Herrgott.

Barbara. Mußt sie nur reden lassen. Ich höre Dir alleweil gerne zu, weil Du gar so sehr gottesfürchtig bist.

Pollender. Bin auch nicht bös. Sollen nur schmähen und lästern. Aber die Zeichen sind da und es wird sich vollenden, was da bestimmt ist an ihnen, wie sich's an mir bewährt hat.

Barbara. Hast Recht. Die Zeichen sind da. So rasch hintereinander sind zwei gestorben auf dem Hof. Erst die Bäuerin und dann seine zwei Monat später die Christine. Sie hat freilich ein lebig Kind gehabt, aber abgebüßt hat sie's und gestorben ist sie — ich habe viele sterben gesehen und tröste gerne dabei — aber die hat keinen Trost gebraucht, so selig und so ergeben war sie! Daß sie nicht noch die Freud gehabt hat!

Pollender. Daß der Christian Großknecht geworden ist? Ob sie's gefreut hätte, wie der mit alten Leuten umgeht? Und weiß man nicht, von wem er ist?

Barbara. Gar nichts weiß man. Nicht einmal rathen kann man. Sie hat fest geschwiegen.

Pollender. Curios. Aber mich freut's schon gar nicht da, seitdem der Bursch commandirt.

Barbara. Mich auch nicht. Ein ledig Kind — da hat Gott wollen, es soll in Schande leben, weil es ist in Schanden empfangen und geboren worden. Das soll man nicht zu Ehren bringen. Ich fürchte, ich fürchte, der Bauer hat sich versündigt damit.

Pollender. Ich fürcht's auch. Wär's nur schon ruhiger im Land.

Ein Knecht. Die Langeweiler! (Geht fort, andere schließen sich ihm an, nur Marcus und Stejan bleiben.)

Barbara. Dummes Volk! Und was machst hernach, wenn Ruh ist?

Pollender. Mein Hof bau ich mir auf.

Barbara. Und wer soll Dir dann hausen?

Pollender. Ich weiß nicht. Ich bin ein betrübter Witwer und ob mir meine Söhne heimkommen, das weiß Gott allein.

Barbara. Ganz so, wie der Sieverroither. Du, mir scheint, Du siehst ihm ähnlich. Pollender...

Pollender. Was denn?

Barbara. Ich wüßt Dir wen.

Pollender. Wozu denn?

Barbara. Nun, der Dir hausen könnte.

Pollender. So?

Barbara. Du brauchst nicht so zu thun. Es ist eine brave Frau, hat in Ehren gelebt und kann ihre Sach, hat was erspart und kann Dir helfen für den

Anfang und ist sparsam und rüstig und fromm, ganz wie sich's gehört, ganz wie sich's gehört!

Pollender. Na, wen denn?

Barbara. Nun freilich — mich.

Stefan (von der Bank). Nimm sie, ihr paßt zusammen.

Barbara. Lump.

2. Scene.

Die vorigen ohne Knechte. Christian.

Barbara. Da kommt der Heide.

Pollender. Nun freilich, wo wird der zu einer Andacht kommen. Hat's ja gar nicht in sich.

Barbara. Und warum hat er's nicht in sich? Weil die Andacht im Herzen wohnen soll. Hat er aber ein Herz? Ja, wo wird der! Oder hast ihn weinen gesehen, wie sie seine Mutter selig begraben haben vor ihm? Nicht ein einziges Mal. Nicht einmal so gethan hat er, der Hochmuth, der Schlechte!

Marcus. Der braucht aber Geduld!

Christian (sehr ruhig). Seid Ihr bald fertig?

Pollender (zusammenzuckend). Ja, ja, ich hab ja nichts geredet.

Barbara. Man wird sich doch noch dürfen das Herz erleichtern, wenn es einem danach ist. Oder hast geweint oder warst bei der Betstunde?

Christian (sehr ruhig wie oben). Wo ich war, geht Dich nichts an. Jetzt aber sag' ich Dir und Deinem Ge=

spann: Ich hab Euch satt. Beide: versteht's? Aus der Stube! Geschwind! Draußen erleichtert Euer Herz, so lang's Euch gefreut!

Barbara. Ist das erhört? Ein ledig Kind und commandirt so mit alten Leuten.

Christian (mit Hohn). Wird Euch nichts geschehen draußen. Ist hübsch warm. Paßt aber auf, es könnt Euch sonst einmal geschehen, daß die Thür zu ist, wenn Ihr wieder herein wollt. Ich möcht doch nicht so sein an Eurer Stelle!

Barbara. Das war noch nicht da, seitdem die Sieverroith steht. So ein Herr von gestern!

Stefan. Hat Schneid, die Alte. Hätt sie nur Zähne, die möcht gehörig beißen!

Christian (losfahrend). Jetzt ist's genug! (Pollender und Barbara ab. Zu Stefan.) Du! aufstehen hab ich gesagt!

Stefan. Ist noch Platz neben mir.

Christian. Neben Dir soll sitzen, wer da will, ich nicht. Wirst?

Stefan. Nur nicht so jäh, nur nicht so jäh!

Christian. Du, reiz mich nicht! Du kennst mich noch nicht. Warum warst heut nicht beim Roden?

Stefan. Weil ich im Stall war.

Christian. Ich hab Dir befohlen, Du sollst roden helfen und jetzt gilt, was ich sage. Das merk Dir. Ich zwinge Dich noch allein, ohne den Bauern. Noch einmal gehorch mir nicht und dann schau zu, wie Du von der Sieverroith kommst. Daß Du wegkommst, das steht so. Und jetzt mach fort; fort sag ich, fort! (Marens steht auch auf.)

3. Szene.

Christian. Marcus.

Marcus. Da muß ich wohl auch?

Christian. Ich hab' Dir's nicht befohlen. Kannst schon bleiben.

Marcus. Nein, nein. Aber sagen möcht ich Dir noch...

Christian. Ich bitte Dich, red mir nichts!

Marcus. Ich bitte Dich, hör mir zu. Warum bist Du so mit dem Pollender?

Christian. Weil ein Armes nicht früh genug wissen kann, daß es arm ist.

Marcus. So, und seit wann bist Du denn nicht mehr arm?

Christian. Mir lang genug; und ich mag ihn nicht. Der raunzt den ganzen Tag und betet, damit er nichts zu thun braucht.

Marcus. Ja, und er raunzt Dir die ganze Welt gegen Dich auf. Was soll auch so ein armes, altes Mandel noch viel arbeiten? Und weißt Du, wie's der Bauer nimmt, daß Du mit dem so bist, der doch einmal ein Bauer war? Da sind sie dir oft gar verwunderlich.

Christian. Ist mir gleich, wie's der Bauer nimmt.

Marcus. Ja dann! Und warum hast's so auf den Stefan?

Christian (auffahrend). Der! Wer kann den mögen leiden? Das ist einer! Ich hab' noch mein Leben nichts mit einem Mädel gehabt, nichts haben wollen. Der aber! Hinter jeder ist er her. Pfui! Und er hat so was an sich — ich glaub der Lump hat sich noch nie geschämt, nicht einmal vor sich selbst. Thut heilig und kein Gebot gibt's vor ihm. Daß mir der Bauer den nicht vom Hofe thut! Ich hab ihn schon gebeten — denk Dir, ich hab gebeten! — er thut's nicht. Das gedenk ich ihm noch!

Marcus. Willst leicht den Bauern an?

Christian. Könnt ich nur!

Marcus. Versündig Dich nicht! Er hat viel gethan für Dich.

Christian. An dem kann ich mich gar nicht versündigen.

Marcus. Du redest jung. Aber glaube mir, ich bin Dir nicht neidig. Die anderen können's immer sein. Ich hab nie viel über etwas nachgedacht, was der Sieveroither befohlen hat: auch nicht, wie er Dich so jäh zum Großknecht gemacht hat. Der weiß, was er thut. Einer muß es einmal werden und da denk ich: Besser Du als ein anderer. Vor Dir bin ich zurückgetreten; aber Du darfst mir glauben, ich meine Dir's gut.

Christian. Mein mir's, wie Du willst.

Marcus. Du überreitest das Roß.

Christian. Kann sein, weil ich nur oben sitze. Und jetzt — Du hast Recht, geh, geh! (Marcus ab.) Er meint's gut, sagt er. Kann sein. Aber was weiß er, wie's mit mir ist. Was kann er wissen davon. Und alle reizen sie mich und die Plage und das Denken! das thut fast noch mehr weh. Man plagt sich gerne, aber nicht sinniren sollte man müssen. Das nicht! Und der Stefan und die Gesichter alle, die neidigen. Na so hat man wenigstens an denen eine Freude. (Steht am Fenster, zusammenschreckend.) Wer ist schon wieder?

4. Szene.
Anna. Christian.

Anna (ist aufgetreten und deckt den Tisch für zwei Personen). Und wenn ich hätt die Teller fallen lassen?

Christian. Wär nur Dein Schaden. Für wen richtest Du Essen?

Anna. Ich muß nicht so mit mir reden lassen.

Christian. Gar nichts erfährt man, was in dem Haus geschieht. Antwort! Ich will's.

Anna. Wenn ich aber nicht mag.

Christian. Auch gut. Ich werde Dich nicht zwingen.

Anna (in ihrem Geschäfte fortfahrend). Kannst denn gar nicht bitten?

Christian. Nein. Muß es wohl nicht gelernt haben.

Anna. Mußt denn mit jedem so herumschreien? Gar, wenn der Bauer in seinem Zimmer ist?

Christian. Daneben ist er?

Anna. Nun ja, und noch dazu nicht allein. Aber freilich, Du warst ja nicht in der Bibelauslegung...

Christian. Mit wem sitzt er denn?

Anna. Ich kenn ihn auch nicht. Er ist vorhin gekommen. Er sieht fein aus. Trägt sich wie ein Bauer, ist aber kein Bauerntuch, was er auf sich hat. Herrisch ist er. Muß gar wer Großer sein. Vielleicht gar vom evangelischen Regiment in Wels. So, nun weißt Alles, was ich selber weiß. Herrgott! und ich hab Dir's gar nicht sagen wollen!

Christian. Wär kein Unglück, wenn Du's für Dich behalten hätt'st.

Anna. Wenn Du nur grob sein kannst! Dann bist glücklich. Ich weiß nicht, sie sind sonst Alle so gut mit mir — und just Du!

Christian. Am besten ist doch der Stefan, was?

Anna. Der Stefan? Wer redet von so einem Lumpen? Aber der Sieverroither ist auch gar gut zu mir.

Christian. Du, das ist auch kein Glück!

Anna. Warum? (Pause.) Nein aber, wo Du hindeutst! Du bist doch gar zu närrisch mit Deinem Mißtrauen.

Christian. Ich hab meine Ursach dazu. Es ist halt jedes, wozu sie's gemacht haben und ein ledig Kind — da machen sie niemals was Rechtes draus.

Anna. Wär nicht schlecht! Ich bin auch ein ledig Kind und hat mir doch so etwas noch niemand gesagt.

Christian. Du auch? Und weißt, wer Dein Vater war? Lebt er noch?

Anna. Wissen thu ich's schon. Meine Mutter hat's mir gar oft erzählt. Ein Holzknecht war er und nur alle Wochen einmal, am Sonntag, hat sie ihn sehen können. Das soll Dir gar schlimm sein, hat sie immer gesagt, und sie haben heiraten wollen; da hat ihn ein Baum erschlagen, und ich bin ohne Vater gewesen und geblieben.

Christian. Und Deine Mutter hat um ihn geweint?

Anna. Kannst Dir's doch denken! Und später, wie wir noch beisammen waren, da hat sie sich's ausgemalt, wie das wäre geworden, wenn er nicht wäre so elend um sein Leben gekommen und sie hätten zusammen gehaust. Weißt Du, es ist uns danach gar schlecht gegangen eine Zeit, nicht gar lang. Da hat man eine Freude mit so etwas und ich denke mir auch manchmal, wie das sein wird mit einem Mann. Weißt: mir geht's gut, aber man träumt viel zusammen, kann man einmal nicht einschlafen.

Christian. Und wie Deine Mutter gestorben ist, hast Du geweint?

Anna. Gewiß. Wie fragst denn?

Christian. Siehst Du, und ich hab's nicht können. Das ist der Unterschied.

Anna. Das versteh ich nicht.

Christian. Glaub's gern. Versteht's keiner. Und es ist doch so. Und die Menschen, waren sie gut zu Dir?

Anna. Alle waren's.

Christian. Das versteh ich wieder nicht.

Anna. Und doch wieder — manchmal denk ich mir, ich möcht doch schon mein Hütten haben und mein Mann. Du, hätt ich den gern, der hätt's gut mit mir! Und am Ende — sie haben immer gesagt, schon wie ich klein war, ich bin ein lieber Narr.

Christian (für sich). Das schwatzt! Kein Meiserl kann's besser und lustiger, wenn's stöbert. (Lauter.) Und im Dienst ist es Dir auch immer gut gegangen?

Anna. Immer. Nur freilich, vor mir hab ich niemand sehen können. Ich hab immer die erste sein müssen. Ja, und ich bin es auch immer gewesen. Mir befehlen lassen von wem, das kann ich nicht leiden. Nein, nein, das vertrag ich schon gar nicht. Und daß Du auch so bist und Dich vor niemand duckst, nicht einmal vor dem Bauer, vor dem sie alle kriechen, das hat mir gleich an Dir gefallen. (Christian lächelt.) Kannst das auch? Das hätt ich gar nicht geglaubt.

Christian (wieder düster). Und Du hast alle Menschen gerne, wie's geboten ist?

Anna. Alle. Aber weißt, ein Unterschied ist schon dabei. Wird doch nicht verboten sein in den Büchern?

Christian. Siehst Du, und mir ist manchmal, als müßt ich wen erwürgen, nur damit ich nicht ersticke vor dem, was in mir schreit. Und ich wollte, mein Vater wäre todt und meine Mutter hätte mich wo am Wege liegen lassen, daß mich die Pferde hätten zertreten.

Anna. Um Gotteswillen, was redest Du?

Christian. Siehst Du und das ist: Ich habe keinen gern, keinen.

Anna. Du ...

Christian. Was?

Anna. Ich glaube, wenn Du erst einen ordentlich gern hättest, nachher hättst bald alle lieb.

Christian (lächelt wieder). Du lieber Narr!

Anna (erfreut). Noch einmal! Gar zweimal in einem Tag! Schaust, so könntest Du einer jeden schon gefallen.

Christian. Jeden? Dir auch?

Anna. Ich werd gehen müssen, ich verplausch mich da.

Christian. Dir auch? Red!

Anna. Ich bitte Dich, ich hab so viel zu thun, da vergißt man immer etwas.

Christian. Dir auch? Annerl, red!

Anna. Wenn ich schon sag: Einer jeden.

Christian. Du, Du, Annerl, Du!

Anna. Aber jetzt will ich . . .

Christian. Anna!

Anna (kommt). Willst noch was?

Christian. Nichts. Anna! (Anna kommt wieder.)

Anna. Warum rufst mich, wenn Du nichts willst? Also . . .

Christian. Nichts. Anna!

Anna (ganz nahe). Also, willst was?

Christian. Nichts! (Anna geht. Er ist allein, geht langsam dem Tische zu und läßt den Kopf in beide Hände fallen; dumpf). Solls noch so einen geben wie mich?

(Annas Stimme). Barbara! Einen großen Krug Most und drei Becher! Hörst Du? Drei!

5. Szene.

Christian. Barbara.

Barbara (tritt auf). Drei! Am Ende den auch noch bedienen! Den! Ein bitter Brot das auf der Sieveroith. Der schläft derweil und wir plagen uns! Nu ja, jung Volk commandirt jung Volk. (Stellt die Becher nieder. Christian hebt den Kopf. Sie setzt den Krug an den

Mund mühselig und trinkt.) Das thut gut! Hihi, das thut gut!

Christian. Was! Maust Du schon wieder?

Barbara (sich zurückziehend). Alles sieht er, der Neidian! Alles sieht er und gar nichts Gutes vergönnt er einem. Nein, wie wenn's ihm gehöret und nicht...

Christian. Du, ich könnt mich doch vergessen.

Barbara. Möcht ihm gleich sehen. Ja, ja, das möcht's ihm schon.

Christian. Du wirst mir zuviel, ich halt's nimmer aus.

(Die Thür zum Nebenzimmer geht auf. Es erscheinen:)

6. Szene.

Sieverroither und der schwarze Student. Die vorigen.

Sieverroither. Was schreist schon wieder?

Christian. Wenn die einen bestiehlt und noch keck ist!

Barbara. Gottlob, ein Stärkerer ist über ihn gekommen, ein Stärkerer!

Christian. Da hörst Du's. Vor Dir ist sie frech. Bettelvolk sollt können schweigen.

Barbara. Bettelvolk! Hörst es? So heißt man eine fromme Wittfrau, die sich geplagt hat viele Jahre für Dich!

Sieverroither. Ich weiß schon allein, was ich zu thun hab! Du solltest niemand so schimpfen, Christian.

Weiß niemand, was ihm der Herr bestimmt hat. Du aber, Du hast ein loses Maul, Barbara. Das Essen bring, hörst?

Christian. Wenn ich immer Unrecht haben soll...

Sieverroither. Das nicht. Aber Du schreist mir zu viel. Du bist mir zu jäh, Christian. Mein Leben lang befehl ich auf der Sieverroith, aber so viel Lärm war noch nicht da, als seitdem Du da bist.

Christian (mürrisch vom Fenster aus). Weiß auch nicht, warum ich sie zwingen muß, und Dir folgen sie von selbst.

Sieverroither. Wirst es schon noch einmal erfahren. (Die Beiden setzen sich. Sieverroither fordert auf.) Magst nicht? Ich hab auch kein Gelust. Abtragen! (Zu Christian.) Kannst Dich hersetzen, weil schon drei Becher dastehen. (Christian thut's, grüßt aber den schwarzen Studenten nicht.) Darfst den Herrn schon grüßen.

Christian. Was will er? Ist noch keiner hergekommen, der nichts will.

Schwarzer Student. Dein Großknecht, Sieverroither?

Sieverroither. Mein Großknecht.

Schwarzer Student. Ein trotziger Bursch!

Sieverroither. Trotzig — ja, aber stark. Du! Der ist Dir stark!

Christian. Das geht mich weiter viel an.

Sieverroither. Wirst Dich benehmen, wie ein Mensch, Bursch? Der Herr ist wer und soll so behandelt werden. Verstehst? Oder hast nichts vom schwarzen

Studenten gehört, den sie den Kopf vom ganzen Regiment heißen? Also, unsere Sache steht schlecht, seitdem der Fadinger todt ist?

Schwarzer Student. Das wäre vielleicht zuviel gesagt, aber er fehlt uns überall.

Sieverroither. Es muß schlecht stehen, wenn ihr schon zu mir kommt und gar so wen schickt! Kurios, daß der Welser Hutmacher soll soviel vermocht haben. Da hab ich einmal in Wels einen Hut gekauft, mag sein, gar von ihm. Hat mir nicht darnach ausgesehen.

Schwarzer Student. Bedenk eins. Die Katholischen ziehen alles reisige Volk in's Land, da wird denn jeder Arm theuer, und wenn man mich zu Dir gesendet hat, so ist das nur ein Zeichen, wie viel uns an Dir liegt.

Sieverroither. Kurios. Lange Zeit habt ihr euch gelassen zu dem Wege. Das gefällt mir nicht. Muß schlecht stehen, sehr schlecht.

Schwarzer Student. Du wolltest ja damals nicht mit.

Sieverroither. Soll ich vielleicht mein krankes Weib im Stiche lassen? Und es ist auch ohne mich solange gut gegangen. Und jetzt könnt ihr's nimmer richten? Das gefällt mir nicht.

Schwarzer Student. Kurz, Du willst nicht. Bedenke aber, wenn wir fallen, dann fällst Du mit.

Sieverroither. Nicht helfen wollen? Wer sagt das? Aber ich möcht den Städter Herren, die dort die großen Herren spielen, nur zeigen, daß der Sieverroither weiß, was man von ihm will, und daß man ihn nicht foppt. Aber das evangelische Wesen, das laßt er nicht im Stich und ehe wieder die Pfaffen tanzen vor ihrem Baal, eher will er das letzte daransetzen.

Christian. Na also, da hat er ihn doch herumkriegt!

Sieverroither. Ruhig, Bursch, wirst mir zu laut.

Schwarzer Student Das sind ich auch.

Sieverroither. Misch Dich nicht in meine Sach, ich werd schon noch fertig!

Schwarzer Student. Also, was gedenkst Du uns zu leisten?

Sieverroither. Wirst es schon hören. Ich thu was ich will. Christian, geh in den Hof und läute die große Glocke. Dann versammle die Knechte und führe sie in die Stube. Du mußt sie bald beisammen haben. Es ist fast Abend und da sind sie in der Nähe. Eil Dich, Du kommst als der Erste herein. Es geht um Großes und da will der Sieverroither zeigen, was er kann.

7. Szene.

Sieverroither. Der schwarze Student.

Schwarzer Student. Du hältst große Stücke auf Deinen Großknecht.

Sieverroither. Nachdem er's verdient.

Schwarzer Student. Weß Kind ist er?

Sieverroither. Das weiß man nicht.

Schwarzer Student. Und dennoch...?

Sieverroither. Gerade darum! Oder kennst Du das Wort nicht: den Stein, den die Baulente verworfen haben, den will ich zum Eckstein machen? Der soll der Eckstein sein!

Schwarzer Student. Da wird sich mancher daran stoßen.

Sieverroither. Soll es nur immer. Wir sind ein eigen Volk da heroben, und er paßt zu uns. Ihn geb ich euch mit und er soll gehalten werden als wenn ich's selber wär.

Schwarzer Student. Das wird schwer gehen. Ihn kennt ja niemand von allen.

Sieverroither. Ich aber will es. Ihr werdet ihn schon kennen lernen. Ich kann unter niemand dienen, ich kann niemandem folgen, er noch und man lernt viel im Kriege. Er hat Muth wie niemand. Hast Du die Narbe an seiner Stirn gesehen? Noch nicht siebzehn Jahre war der alt, da wird mir ein Pferd scheu, ein schönes, starkes, theures Pferd, an das sich niemand traut, scheu vor dem Blitze, der vor ihm einschlägt, und rast mir im Hofe. Er aber packt's — ein Hufschlag trifft ihn, daß er blutet und taumelt — er aber läßt's nicht los, zwingt's und stürzt dann zusammen. Steht nach einer Weile auf, wischt sich's Blut, und, während die anderen um ihn staunen, schaut er mich an, als wollt er etwas, und geht an sein Werk. Ich hab selten Angst und selten Respekt — damals hab ich's um ihn gehabt.

Schwarzer Student. Werden ihm aber die Knechte folgen und die Bauern?

Sieverroither. Ich sollt doch glauben, wenn ich es will ...

Schwarzer Student. Wenn Du so darauf bestehst...

Sieverroither. Das thu ich, ja. Ich will Dir auch den Grund sagen, obzwar ich es nicht müßt. Der Junge gehört zum Grund, das hab ich Dir schon gesagt, in allem, daß ich manchmal staune. Ich hab ihn auch so gezogen. Nun ja. Du hast noch kein wilder Kind gesehen. Da hab ich alle an ihm thun lassen, was sie nur wollten. Er sollte mir meisterlos und zornig werden, wie ein reisiger Wolf. Das ist er, aber ...

Schwarzer Student. Aber er ist es Dir zu sehr.

Sieverroither. Dahier bin ich nicht gewohnt, daß mir wer das Wort vom Munde nimmt. Das merk Dir. Aber ganz Unrecht hast nicht. Er bleckt manchmal die Zähne auch gegen mich. Nun, ich fürcht ihn nicht, das thät mir nichts. Aber zu heftig ist er mir. Kein Mensch ist er. Noch kein Mädel hat er mir angesehen. Ich bin ihnen auch nicht nachgelaufen, aber das ist zu viel. Gespart hab ich. Er ist geizig. Das soll nicht sein, das darf nicht sein! Er soll einmal nach mir hier Herr sein. Das will gelernt sein. Und darum soll er mit: befehlen und wieder gehorchen lernen.

Schwarzer Student. Aber ginge das nicht besser, wenn Du mitgingest? Daß Du Dir ihn selber ziehst?

Sieverroither. Ich will nicht mit; noch nicht. Nimm's: ich bin der letzte Trumpf. Nimm's: ich will nicht mit einem verlaufenen Trupperl kommen, sondern wie sich's gehört. Nimm's, ich will, daß ihr noch eine Zuflucht habt. Er aber muß jetzt schon fort...

Schwarzer Student. Jetzt versteh ich.

Sieverroither. Meinst? Nun ja, ihr seid gar so klug, ihr gelernten Herren. Noch nichts verstehst Du. Ich will, daß der Herr selbst entscheide, ob er ihm das Leben — und es gibt keines, mit dem ich tausche — gönnt oder nicht. Darum soll er mit. Kommt er lebendig zurück — gut! Wenn aber nicht, dann hat der Herr selbst entschieden, denn in seinen Dienst stell ich ihn. So ist es. Verstehst Du jetzt?

Schwarzer Student. Ich versteh.

8. Szene.
Die vorigen. Christian.

Christian (wieder antretend). Die Knechte warten.

Sieverroither. Erst mit Dir ein Wort. Ich hab viel für Dich gethan. Ich will noch mehr thun.

Christian. Nur das meine möcht ich endlich einmal.

Sieverroither. Wie meinst Du das?

Christian. Ist doch klar, mein ich. Was ich verdien und was mir zukommt.

Sieverroither. Ich könnt Dir anders reden, aber heut nicht. Kurz, Du gehst mit dem Herrn da und mit allen Knechten und Nachbarn. Man braucht jeden Arm wieder. Du bist der Obermann von allen, mach mir keine Schande! Und jetzt sollen sie kommen, herein, alle herein.

(Knechte stürmen tumultuarisch herein. Rufe:)

Was gibt's, was will der Bauer?

9. Szene.

Die vorigen. Marcus. Stefan. Pollender.
Knechte.

Schwarzer Student. Als Gesandter eurer Brüder im Glauben bin ich hiehergekommen. Denn der Herr hat uns heimgesucht mit Trübsal und Noth, daß unsere Seele verschmachtet. Der uns Führer und Leiter war, hat er zu sich genommen und so — — —

(Rufe). Was will er? — Was redet er? — Verstehst ihn? — Nein. — Ich auch nicht. — Der Bauer soll reden, der Bauer!

Sieverroither. Da hörst Du! Ruhig! Burschen und Männer, unseren Brüdern im Unterlande geht's schlecht. Ihr habt mir oft Löcher im Kopf heimgebracht für nichts und wieder nichts. Ich hab keinem was gesagt, keinen deswegen fortgeschickt. Jetzt aber sag ich euch: Geht hin und drescht, als stündet ihr auf der Tenne. Die Baiern sind die Garben und Gottes Zorn wird mit euch sein und Kraft leihen. Wollt ihr?

(Rufe). Wir wollen! Wir wollen!

Sieverroither. Bring einer Most und Krüge, soviele da sind. Wer aber nicht gerne mitthut, der bleibe dahinten... Dich, Marcus, frag ich gar nicht. Dich kenn ich. Du gibst mir acht auf den Christian, auf Dich kann ich mich verlassen.

Marcus. Sollt's doch meinen.

Christian (für sich): Was heißt das? einen Aufpasser?

Sieverroither. Dich, Georg, auch nicht. Du Stefan?

Stefan. Dazu bin ich nicht gedungen.

Sieverroither. Dann geh; ich kann Dich nicht mehr brauchen. Wer nur um Lohn dient, der ist ein übler Knecht und gleicht den bösen Schälken und hat also seinen Lohn dahin. Mach fort! — Und Du, Pollender?

Pollender. Wenn's auf mich gerade anstehn? Aber soll denn gar kein Mann mehr auf dem Hofe bleiben?

Stefan (zu Marcus). Verflucht! und gerade jetzt. Und es hätt so lustig werden können. Ich allein im Taubenschlag. (Marcus dreht ihm den Rücken.)

Sieverroither. Ich aber kann nicht mit. Ich bin zu alt und muß auch das Haus hüten, damit ihr einen Unterschlupf habt, wenn ihr heimkehrt. Und wer mir zurückkehrt, der soll mein Bruder sein und soll ein gleich Theil haben an meinem Tisch. Wer aber soll Euch führen in's ewige Leben oder zum zeitlichen Tode? Denn es ist eine böse Sache und ich weiß nicht, wie viel mir wieder kommen.

Marcus. Der Wildeste! der Christian!

(Rufe). Der Christian! Der Christian!

Christian. Was soll das? (zu Marcus.) Paß auf, ich fang wen. (Vortretend zum Bauern.) Und Du, warum gehst Du nicht mit?

Sieverroither. Hast es nicht schon gehört?

Christian. Gehört schon, aber ich sag Dir, Bauer, Du wirst Dich irren!

Siverroither. Das thun wir alle, der Herr soll entscheiden! Und jetzt — es ist eine heilige Sache, für die ihr geht, denn ihr wollt nicht, daß die reine Lehre wieder sinke, und so kämpft ihr nicht um Muthwillen, und drum und weil wir vielleicht alle zusammen das letzte Mal hier vereinigt sind, so erhebet Eure Herzen und Eure Becher und rufet: Es muß sein!

(Rufe). Es muß sein! Es muß sein! Es muß sein!

Siverroither. Ein heiliges Losungswort! Und nun thut, was ihr noch zu thun habt. Morgen mit dem Frühesten geht es fort.

(Knechte ab mit dem Rufe:) Es muß sein!

(Die Stube leert sich. Alle ab. Sommerliches Zwielicht. Lange Pause. Danach tritt Anna ein, setzt sich auf die Ofenbank und starrt in's Leere. Nach einer Weile Christian.)

10. Szene.

Anna. Christian.

Anna (freudig). Ich hab's gewußt, Du mußt noch herkommen.

Christian. Und woher denn? Du neunmal Kluge?

Anna. Ich weiß nicht, aber ich hab's gewußt. Und war auch Dir nicht so, als müßten wir uns noch ein „Behüt Gott" sagen?

Christian. Daran hab ich nicht gedacht.

Anna. Christian!

Christian. Anna, mußt mir nicht böse sein. Von Dir möcht ich's nicht, und glaub mir, ich habe viel

im Kopfe, viel und nichts Gutes. Oder hast Du Dich schon einmal vor Dir selber gegraut?

Anna. Wie kann man das?

Christian. Glaub mir, man kann's, wenn man das vor sich sieht, was man thun will. Und jetzt — hast Du mir was zu sagen?

Anna. Viel. Aber Du bist wieder so. Ich weiß kein Wort mehr.

Christian. Such's. Du weißt nicht, wie gern ich Dich höre.

Anna. Mußt aber nicht lachen über mich. Siehst Du.

Christian. Ich werd's nicht. Gewiß nicht.

Anna (hat ein Kreuzchen aus dem Busen genommen. Christian will danach greifen). Siehst? Nicht so und dann, Du weißt ja nicht —

Christian. So red'!

Anna. Siehst, das Kreuzel hat meine Großmutter selig getragen. Es ist geweiht, ich glaube neunmal. Und man hat mir gesagt, es ist ein Segen dabei, daß, wer es trägt, der kann nicht gewaltsam sterben. Und mein Vater hat es danach immer bei sich gehabt — und das eine Mal, wo er es vergißt, da hat ihn der Baum gestreift.

Christian. Annerl!

Anna. Mußt nicht lachen. Es ist heidnisch, ich weiß, und ich bin sonst gut evangelisch und könnte sterben für die reine Lehre. Aber es ist uns damals so gut gegangen, und jetzt! Ich will freilich nicht klagen, der Herr hat mir's so bestimmt. Aber vielleicht hilft's doch. Ich möcht, daß Du zurückkommst. Magst es nehmen?

Christian. Annerl! Gar von Gold. Du wirst schier die einzige sein, die sich ängstigt um mich.

Anna. Glaub's nicht. Da ist der Bauer.

Christian. Ja, der Bauer! Freilich er hat mich weggeschickt. Nun ja, wenn man einen will forthaben, so kann man schon ein übriges thun, als bedauerte man einen.

Anna. Nein, nein, er hat Dich doch gern, so wüst Du thust. Und verkauft hätt ich es nie. Also nimmst es?

Christian. Ja, und ich werde zurückkommen.

Anna. Daß Du doch auch kannst lieb sein!

Christian. Ja, ich komme zurück. Erst hab ich's wollen aus drei Gründen: Um eine Todte, um einen der lebt, und um mich. Jetzt ist noch eine Sach dazukommen. Doppelt hält gut. Vierfach aber ist ein Strick, daran soll mir wer müssen, der's nicht denkt und wie er sich's nicht denkt. Auge um Auge, Zahn um Zahn; rücklings an ihn, wie er rücklings ist an mich! Aber Du wirst immer so sein wie jetzt? Immer stehn zu mir!

Anna. Wie redst wieder? Rein zum fürchten!

Christian. Antwort: Wirst es?

Anna. Immer so lang ich darf. Behüt Dich Gott!

Christian. Behüt Dich Gott, Du lieber Narr!

(Der Vorhang fällt.)

III. Akt.

(Szene: Flur der Sieverroith. Thüre nach rechts, Thüre nach links, mit einem Vorbau. Hinten ein Thor, vorne ein Thor.)

1. Szene.

Pollender. Der Bauer.

Sieverroither (auf und ab gehend). Also, wann kann er gekommen sein?

Pollender. Ich hab Dir's schon gesagt. Oder nicht? Kann sein, nicht. Also: Gegen früh zu.

Sieverroither. Du hast ihm aufgemacht?

Pollender. Freilich, freilich. Es ist wohl bitter für einen alten Menschen. Nun ja, ich schlafe nicht mehr gut. Und es ist auch jetzt so still auf dem Hofe — man hört jede Katze, die über's Strohdach geht, glaubt man. Und richtig, kaum bin ich eingeschlafen, da klopft's ans Thor und da war er. Ich hab ihm aufmachen müssen, ich, ein Bauer, einem solchen. Und Gott gebe mir nicht die ewige Ruh — aber ich hab mir manchmal gedacht, ich möcht ihn wieder fluchen und wettern hören. So einödig war mir's.

Sieverroither (freudig). Hast Du das gedacht? Wirklich?

Pollender. Wirklich — und jetzt kommt er mir zu so einer Zeit und klopft mich aus dem Bette. Ist das der Dank?

Sieverroither. Und warum hast mich nicht gleich geweckt? Ihn nicht gleich zu mir gebracht?

Pollender. Weiß man's denn, ob man's darf bei Dir? Und hätt er's denn gelitten? Verboten hat er mir's; er befiehlt und verbietet mir was!

Sieverroither. Nun, gehorcht hast ihm am Ende doch.

Pollender. Das ärgert mich ja am allermeisten.

Sieverroither. Und wie hat er ausgesehen? Was hat er gethan?

Pollender. Ausgesehen? Wüst natürlich. Was er gethan hat, meinst? Gar nichts. Nichts geredet hat er und nichts geredet. Sondern in die Scheuer ist er gegangen und hat sich niedergelegt. Und dort liegt er jetzt noch, und wenn man dabei stirbt vor Ungeduld und Neugierde. Das wäre ihm recht, just recht wär's dem Hochmuth.

Sieverroither. Es ist auch nicht nöthig, daß er was redt. Ich weiß genug.

Pollender. Und was weißt Du, Bauer?

Sieverroither. Bist wirklich so dumm, Pollender?

Pollender. Aber Bauer!

Sieverroither. Nun ja, glaubst Du, so kommt wer heim, wenn es gut gegangen ist, einzeln oder in der Nacht? Es steht schlimm um die heilige Sache, sehr schlimm. Der Herr hat seine Hand von uns genommen und uns verworfen in seinem Zorne.

Pollender. Meinst wirklich? Aber mein Gütel? Wie komm ich hernach zu meinem Gütel?

Sieverroither. Wär's nichts weiter. Aber sie werden über jeden kommen.

Pollender. Fürchtest Dich, Bauer?

Sieverroither. Fürchten? Narr Du! Ich laß Dich zu viel reden. Aber freilich, wenn man so eine Woche wartet, wartet, und man hört nichts von dem, was man zumeist möchte, da horcht man sogar auf eine Klappermühle, wie Du's bist, und die übernimmt sich dann und glaubt, wenn's nur geht Klipp Klapp, so gibt das schon einen Sinn.

Pollender. Bauer, das ist nicht schön, daß Du mir Dein Gnadenbrot so vorrückst. (Pfiffig.) Aber am Ende, so gar lang wird's nicht mehr dauern. Meinen Grund forttragen können sie mir nicht, und ob der Baier Herr ist oder wer anderer, das ist ganz gleich. Meine Ruhe will ich haben, und wenn unser Herrgott gewollt hätte, daß die Bauern Herren sind, so hätte er sie zu Herren gemacht und nicht zu Bauern. Leben will ich — und der Glaube, der ist der rechte, der das bessere Theil hat. War das auch dumm geredet, Sieverroither?

Sieverroither. Nein, nur schlecht.

Pollender (gekränkt). Gar nie trifft man's bei dem.

(Es treten auf: Anna und Barbara.)

2. Szene.

Die vorigen. Anna. Barbara.

Anna (mit dem Frühstück). Guten Morgen, Bauer, und willst da frühstücken?

Sieverroither. Nein, mir ist zu bang. Ich mag nicht essen. Weißt schon, daß der Christian wieder da ist?

Anna. Ja, ich weiß es.

Sieverroither. So und woher?

Anna. Ich hab das Thor gehen gehört und dann hab ich hinausgeschaut und ihn kommen gesehen.

Sieverroither. Und bist nicht neugierig, wie's gegangen ist?

Anna. Nein. Wär's gut gegangen, dann hätte er an mein Kammerfenster geklopft und mir's zugeflüstert.

Barbara. So genau weiß er Dein Kammerfenster?

Anna. Du mußt einmal sehr schlecht gewesen sein, daß Du so von einem braven Mädel denkst.

Barbara. Einmal? Wohl gar lange?

Anna. Na, meinetwegen kannst Du es jetzt auch noch sein.

Barbara. Keck ist das Mädel! Und Du Pollender, sagst kein Wort dazu?

Pollender. Ja, was willst denn da thun? Warum redest Du auch so? Und muß ich mir dahier nicht auch alles gefallen lassen?

Barbara. Du Lapp! Aber der Krieg scheint aus.

Pollender. Scheint.

Barbara. Wann haust?

Pollender. Wann Gott will.

Barbara. No, ich möcht's gern wissen, damit man sich richten kann.

Pollender. Womit denn?

Barbara. Na, die Sachen, wann ich mitziehen soll.

Pollender. Na, na, mußt Dich nicht strapezieren dabei. (Rasch ab. Barbara ihm nach.)

3. Szene.

Sieverroither. Anna.

Sieverroither. Ein nettes Bandel!

Anna. War ich zu geschnappig, Bauer?

Sieverroither. Nein, mein liebes Mädel.

Anna. Ich mag die Beiden auch nicht. Ich glaub' ich hab' vom Christian den Zorn auf die zwei.

Sieverroither. Hast so viel auf ihn gegeben? Ihn am Ende gern gesehen!

Anna. Ja.

Sieverroither. Kurios, so einen Unband!

Anna. Er war's gegen mich nicht.

Sieverroither. Nun ja, und das gefällt Euch Weibern halt, wenn Ihr meint, Ihr habt etwas ganz extra für Euch. Mußt Dich aber nicht schämen.

Anna. Das thu ich auch nicht. Ich hab keine Ursach!

Sieverroither. Nun, und wenn Gott will, und alles ist ehrlich gegangen, dann kann's ja immer gut werden. Siehst, ich hab niemand, und jetzt in der einsamen Zeit hab ich's erst gesehen, ein wie herziger Schatz Du bist.

Anna. Bauer! Aber mir ist gar nicht darnach, gar nicht! Eher, als wäre der Christian todt und käme nie wieder.

Sieverroither. Mir auch. Daß er auch so ganz allein gekommen ist! Aber freilich, auf der Flucht! Den versprengt's dahin, den dorthin, und es schaut nur jeder, wie er in einen Unterschlupf kommt.

Anna. Bauer, soll ich ihn nicht doch wecken?

Sieverroither. Ja — nein, thu's nit! Es muß ja doch wer kommen, und ich weiß nicht, es redet sich so schlecht mit dem Christian. Es ist immer, als paßte er auf einen.

Anna. Das hab' ich noch nicht empfunden, aber...

Sieverroither (aufschreiend). Der Marcus! Der Anton! Ueber den Hof kommen sie!

4. Szene.

Die vorigen. Marcus und Anton. Pollender. Barbara.

Marcus und Anton. Grüß Gott, Bauer!

Sieverroither. Also! Daß ihr da seid! Wo sind die anderen?

Marcus. Werden schon noch welche kommen. Freilich — viel nicht mehr.

Sieverroither. Erzählt, erzählt! Wie ist's! Wie steht's? Wie war's?

Anton. Wie soll's sein? Müde bin ich und hungrig bin ich.

Sieverroither. Ihr müßt es ja sein. Daß man an so etwas nicht denkt! Barbara, bring was! (Es geschieht. Anton setzt sich und ißt.)

Marcus. Das ist einer! Kurz, es ist zu Ende mit der evangelischen Sache!

Sieverroither und die Anderen. Um Gott!

Marcus. Ich weiß freilich nicht viel. Wir sind so nach Aschach hinunter und dort haben wir uns geschlagen.

Anton. Ja, und das rechtschaffen!

Marcus. Wir griffen an, das heißt: wir nicht, sondern es waren vier Haufen immer zu jeder Seiten — drei vorne und die Traungauer mit dem Christian zuletzt, und wir sind vorgedrungen, das heißt, die anderen. Wir warten und es kommt kein Befehl. Endlich sag ich den meinigen: Darauf! Also, das geschieht und wer bei uns steht, alle uns nach. Da hören wir schon Geschrei vor uns: Maria, reine Magd! Der lauft, der wehrt sich noch. Wir haben uns gewehrt, aber es war nichts mehr zu machen.

Sieverroither. Der Herr hat sein Auge abgekehrt von seinem Volke! Erbarme Dich, Herr!

Marcus. Das wird zu spät sein. Ich bin auf Umwegen her und jede Nacht war ich wo anders schlafen, einmal im Walde, einmal dort, wie sich's geschickt hat. Aber jede Nacht hat's wo anders gebrannt, da eine Einzelflamme, dort ein ganzer Weiler, manchmal war der ganze Himmel roth. Sie sind schnell, die Baiern. Erst vor dem Hofe hat sich der zu mir gefunden.

Sieverroither. Wir müssen's tragen. Und der Christian?

Marcus. Den habe ich in der Schlacht nicht gesehen.

Sieverroither. Nicht gesehen? Und Du, Anton?

Anton. Ich weiß nichts.

Sieverroither. Red, Kerl!

Anton. Nun ja, was soll ich wissen? Wie's geheißen hat: Schlagt! hab ich geschlagen, danach, wie's geheißen hat: Lauft! bin ich gelaufen. Aber komisch war's; jeder von uns ist mit seinem Baiern fertig geworden — alle zusammen haben sie uns untergekriegt. Das versteh ich nicht! Komisch! Was?

Sieverroither. Und hast Du den Christian in der Schlacht gesehen?

Anton. Da muß ich erst nachdenken. Vorher ja und dann — ich bitte Dich, da hab ich keine Zeit dazu gehabt. Ich hab auf mich geschaut. Nun ja, ich muß es doch, oder wer thät's denn sonst. (Es sind noch einige Knechte gekommen. Flur ist halb voll.)

Sieverroither. Mir wird bange. Ihr wißt nichts? Du auch nicht? Nein? Dummkopf!

Marcus. Es war nicht richtig bei Aschach, Sieverroither.

Anton. Nicht wahr? Es war aber gar nicht richtig!

Sieverroither. Ich denke — ihr sagt es. Warum meinst Du das, Anton?

Anton. Nun, wie's aus war und wie wir's schon aufgegeben haben, da haben die Baiern immer noch geschossen. Neben mir einen weggeschossen haben sie! Gehört sich das? Wenn wir's schon verspielt haben, dann sollen sie doch einen Frieden geben. Oder ist das eine richtige Rauferei? Einen Frieden müssen's doch geben hernach!

Sieverroither. Kerl! Ruf mir den Christian! (Ein Knecht geht ab.)

Marcus. Ist der auch da? Gottlob, dann ...

Sieverroither. Du meinst?

Marcus. Nein, nein. Oder wäre er sonst hergekommen?

Sieverroither. So hast Du von ihm gedacht?

Marcus. Es kommen einem kuriose Gedanken, wenn man's verspielt sieht und es ist vordem immer gegangen, und man weiß nicht, wieso es auf einmal nicht mehr geht. Aber jetzt wird's gut sein. Er wird doch nicht ...

5. Szene.

Die vorigen. Christian.

Barbara (zu Pollender). Du, paß auf! Mir scheint, es geht über einen.

Pollender. Dummes Zeug. Das thu ich so. Aber geschehen thut nichts.

Christian (tritt auf). Was wispert ihr schon wieder! (Grüß Gott, Marcus! (Marcus gibt ihm zögernd die Hand.) Grüß Gott, Anna!

Sieverroither. Für mich hast kein „Grüß Gott"?

Christian. Meinetwegen: Grüß Gott, Bauer.

Sieverroither. Und zu erzählen hast Du mir nichts?

Christian. Nichts, was Du nicht so schon wüßtest. Es ist schlecht gegangen, denk ich.

Sieverroither. Denkst Du? Du mußt's wissen.

Christian. Wissen die was?

Sieverroither. Aber Du hast kommandirt.

Christian. So? Nun ich weiß doch nichts.

Sieverroither. Um Gottes willen, martere einen nicht!

Christian. Was willst denn eigentlich? Das, was die Hauptsache ist, das hast Du schon gehört.

Sieverroither. So bist Du mitgeflohen?

Christian. Wär Dir's lieber, sie hätten mich erschlagen?

Sieverroither. Und dennoch will Dich niemand im Treffen oder auf der Flucht gesehen haben.

Christian. Wer weiß, wo die ihre Augen gehabt haben.

Sieverroither. Bursch, ich vergreife mich!

Christian. So probir's!

Anton. Ich weiß noch was, Bauer.

Sieverroither. Was? Rede!

Anton. Auf dem Herwege hab ich bairische Reiter gesehen, kurz vor Gmunden, wo der Weg sich abzweigt. Sie können nicht mehr weit sein. Freilich Pferde kommen nicht herauf auf die Sieverroith. Aber sie könnten ja am Ende vielleicht absteigen.

Sieverroither. Und das sagst Du erst jetzt? Vorwärts! vorwärts! Das Thor nach hinten zu! Es ist schon gesperrt? Probirt's! (Man rüttelt daran.) Das hält was aus. Wachposten vor's andere! Laßt niemand herein, den ihr nicht kennt! Vorwärts, vorwärts! Die Waffen aus dem Hause! (Zu Christian.) Du bleibst da. Mit Dir hab ich noch zu reden.

Christian. Ist mir recht. Ich bin auch gar zu müde und was geschehen soll, das werdet ihr nicht aufhalten. Marcus!

Marcus. Ich hab nichts insgeheim mit Dir!

Christian. Auch gut. Wirst noch betteln um den Bissen Brot bei mir.

Sieverroither. Wie redest Du daher?

Christian. Ist meine Sach und ich weiß es, warum ich's thun darf.

Sieverroither. Ich begreif Dich nicht. Aber wehe Dir, wenn nicht alles so ist, wie's hat sein sollen.

Christian. Droh nicht. Ich kann's von Dir nicht hören! (Setzt sich nieder, brütend.) Wenn man nur keinen Menschen sehen müßt!

6. Szene.

Christian. Anna.

Anna (ist zu ihm getreten, rasch). Daß Du nur heil da bist, Christian! Daß Dir nichts geschehen ist!

Christian (aufschreckend). Wer ist's? Ach, Du, Anna! Was gibt's?

Anna. So redst Du mit mir? Ueberhaupt …

Christian. Nun, was ist Dir nicht recht? Ich treff's ja bei keinem mehr.

Anna. Bei mir hast's noch immer recht getroffen. Ich kann mir's ja denken, wie Dir's sein muß. Du hast das Deinige gethan und jetzt sehen sie alle so scheel auf Dich. Nicht wahr, das thut Dir weh?

Christian. Ja, ja, Du wirst es schon errathen haben. Da siehst Du es: Nicht einer mag mich ordentlich.

Anna. Da thust Du dem Bauern groß Unrecht. Er hat sich genug um Dich gesorgt.

Christian. Um mich? Das red einem Dümmeren ein. Um die evangelische Sache — meinetwegen; um den Marcus — kann sein. Aber um mich? Ja, gesorgt hat er sich, ob ich vielleicht nicht doch am Leben bin. Du willst den verstehen? Du in Deiner Gutheit!

Anna. Um Gotteswillen! Aber ich hab mich auch geängstigt und jetzt kann ich nicht froh werden mit Dir, so gern ich's möchte.

Christian. Dir glaub ich beides.

Anna. Nun also, siehst Du, und ich hab gewußt, mein Kreuzel wird Dich beschützen.

Christian. Dein Kreuzel? Das hat mehr gethan, als Du glaubst.

Anna. Siehst Du! Ich bin freilich nur ein dummes Mädel, aber es wird noch gut, Alles gut. Erst vorhin hat der Bauer zu mir gesprochen von uns beiden — so lieb, ich hätt's nie geglaubt.

Christian. Von uns beiden?

Anna. Nun ja. Ich hab's ihm gesagt, daß ich Dich gern habe und er war gar nicht bös.

Christian. Und ihm glaubst Du auch nur ein Wort?

Anna. Ich bitt Dich — ihm nicht? Wem dann? Geh, thu mir's zu lieb, red freundlich mit ihm. Arbeit mit bei dem, was sie thun und zeig's ihnen, wer Du bist. „Ihr habt mir weh gethan, ich aber steh fest zu Euch und der evangelischen Sache."

Christian. Also hängst Du an der evangelischen Sache?

Anna. Nein, wie Du nur bist. Oder möchtest Du nicht auch Dein Leben hingeben für die reine Lehre? Ich thät's ohne Besinnen. Aber ich Narr! Laß mich von Dir so foppen, von Dir, der Du gestritten hast dafür!

Christian. Ich wollte, ich wäre nie hergekommen...
Anna. Christian, was heißt das?
Christian. Ich wollte, ich wär nie hergekommen, oder doch nur...
Anna. Um Gott, das ist ja, als hätten sie recht!
Christian. Mir ist gar schlimm, Anna. Mich schnürt's. Aber das, was ich auszumachen habe, das konnt ich doch nur allein richten — allein ich und allein er.
Anna. Um Gott, ich versteh Dich gar nicht mehr.
Christian. Möcht ich Dir's denn sagen, wenn Du auch nur ein Wort verstehen könntest? Aber mir scheint, ich bin in der Falle, und durch will ich. Die Thüre ist gesperrt. (Er rüttelt mit Macht am hinteren Thore. Es hebt sich in den Angeln, gibt aber nicht nach.) Ich kriegs nicht auf...
Anna. Mir wird so angst, Christian.
Christian. Darf Dir auch sein. Es ist nichts Gutes, was geschehen soll. Aber ich kann nichts dafür. Da frißt es an einem: Jahr um Jahr — nimm Dir das Deine — nimm Dir alles und mit einem Streich und Du probirst es und dann! Dir graust's...
Anna. Was ist das Deine?
Christian. Siehst Du, nicht einmal das weiß einer. Aber da hab ich mich gefreut auf alles: Auf's Heimkommen, denn ich häng an dem Grund, auf Dich und noch auf eines. Aber ich darf mich auf nichts freuen. Das ist, wie damals, wo ich noch ein Kind war. Da haben sie mich einmal einen ganzen Tag nicht geprügelt und nicht gequält, und es war noch dazu im Sommer

und der Tag hat lange gedauert, und wie ich in der Nacht allein auf dem Hofe steh, da fällt Dir ein Stern, so, glaub ich, wie vor mir. Ich lauf hin mit offener Hand, will ihn haschen. Nichts war's. Nichts. Und so war's immer und jetzt recht. Ich darf mich auf nichts freuen. Ich hab's auch nie gethan. Nur jetzt und auf Dich, Annerl. Aber ich darf's nicht, ich darf's nicht.

Anna. Also hast mich gern?

Christian. Das fragst noch? Möcht ich denn sonst so mit Dir reden?

Anna. Dann thu mir eins. Sprich mit dem Bauern.

Christian. Mit dem? O ja, mit dem werde ich noch reden.

Anna. Ich bitt Dich, im Guten und alles wird gut.

Christian. Im Guten? Im Guten geht's nicht.

Anna. Ich bitt Dich Christian, lieber Christian!

Christian. Mit dem! Im Guten! An allem ist er schuld. Meine Mutter hat er in's Grab gebracht, mich hat er martern lassen.

Anna. Um Gottes Barmherzigkeit!

Christian. Ich kann nichts hören von der Barmherzigkeit Gottes. Ich kann's nicht. Gegen wen ist er barmherzig? Gegen mich? Gegen Dich? Nein, er ist's nicht. Er ist ein Gott der Rache, er trifft Vater und Kind, eins in's andere!

Anna. Du versündigst Dich, Christian.

Christian. Geht jetzt schon in einem. Und Schuld an allem — er, immer er! Er hat geschwiegen, nun, und ich habe gethan, was ich mußte. Auf ihn kommt, was mich drückt!

Anna. So sag mir's. Vielleicht. . . .

Christian. Da gibt's kein Vielleicht. Ich bin hereingerannt — hereingerannt, wie eine Katze in's Haus, das sie gewohnt ist, und wenn es sogar brennt. So, ganz so. Du aber, verlaß mich nicht, Annerl, Du nicht! Sie werden mich schlecht machen, schlechter wie schlecht. Glaub's nicht! Es hat so sein müssen, Annerl. Alles hat so werden müssen. Ich hab Dich gern ghabt, aber sagen kann ich Dir nichts.

Anna. Gehabt? Und wie soll ich von Dir lassen, wenn ich nicht muß?

Christian. Wieder so mit wenn! Aber mir ist dumpf.

Anna. Freilich. Ich begreif's. Erst die Schlacht, dann die Flucht, die Angst, dann die. . . .

Christian. Hast recht! Erst die Schlacht, dann das — und das Sinniren, erst: wo ist Deine Schuld? Und Du findest keine. Und der heimliche Haß, der sich freut, wenn er darf offen werden, gegen alle, alle. Und Du hast's in Dir: Sie thun Dir unrecht, wie sie heißen, alle zusammen, und die Tage Deines Lebens, daß Du bald glaubst: es kann nicht anders sein. Und dann siehst Du: es hätt anders sein können und Dir gehört viel und man gibt Dir wenig und als Mitleid. Und das frißt an Dir und der Haß wächst und schreit in Dir. Und dann ist's geschehn und Du bist in Sünde selbst an noch mehreren, als an Dir in Sünde sind, eh Du's weißt, und der Haß schreit weiter ...

Anna. So wirf ihn hinter Dich, den Haß.

Christian. So redst Du. Aber durch muß ich, durch, und geht's nicht — sie sollen mich nicht allein gefangen haben! Nein, es muß noch wer daran glauben! Hätt' ich nur ein Messer! Aber ich habe meine Waffen ablegen müssen. Dort. Vorher — nun dort und damals... Nur ein Messer! Durch! — Durch! (Geschrei hinter der Szene: Der Student! Der Student!) So? Ist der da? Gut. Durch muß ich! Ah! Anna!

Anna. Christian!

Christian. Schweig! Jetzt kommt es! Fort! — Fort! (Ab zu Rechten.)

(Es treten auf:)

7. Szene.

Sieverroither. Schwarzer Student. Marcus. Knechte.

Sieverroither. Drängt nicht so um ihn! Es muß ihm wehe thun. Ihr seht ja, er kann kaum gehen. So, da sitz. Gefallen bist Du.

Schwarzer Student. Ja, gefallen bin ich.

Sieverroither. Und wo?

Schwarzer Student. Da glaubte ich, die Baiern seien hinter mir, es hat so getrappelt. Ich springe in's Dickicht und falle hin, hart und schwer.

Sieverroither. Eine Stärkung? Trinkst Du ein Glas Wein?

Schwarzer Student. Ich komme nicht zu Gast.

Sieverroither. So ruh Dich aus und wir wollen weiter sehen ...

Schwarzer Student. Ich komme auch nicht, um mich zu verbergen vor denen, die mich fangen wollen. Ich thät's auch hier nicht. Denn es ist ein Preis auf meinen Kopf gesetzt. Wer mich beherbergt, der stirbt mit und sein Gut gehört dem, der mich anzeigt.

Sieverroither. Um Gott, was willst denn? Was warnst Du mich? Oder glaubst Du, daß ich Dich im Stiche lassen möchte? Oder hältst Du mich für einen, der abfällt?

Schwarzer Student. Das glaube ich nicht. Aber ich will nur noch einmal ehrliche evangelische Gesichter sehen, ehe ich sterbe.

Sieverroither. Steht's so?

Schwarzer Student. Ja. Es ist aus mit der evangelischen Sache in Oberösterreich.

Sieverroither. Aus!

Schwarzer Student. Aus. Sie hetzen uns wie die Füchse, die nicht wissen, wo ihr Bau ist. Sie fangen uns mit Netzen und werfen den Strick um unseren Hals. Das Land dampft von den Opfern, die sie ihrer Rache bringen. Es ist aus.

Sieverroither. Aus, und ein Tag!

Schwarzer Student. Ein Tag — ja wohl! Aber Du warst nicht dabei, wie die Ueberlebenden, die Letzten und Besten unter der Linde von Frankenmarkt gewürfelt haben um ihr Leben, Du hast nicht den Strick gehalten, an den sie Deinen Bruder henkten, Du nicht!

Sieverroither. Und Du — Du haft es?

Schwarzer Student. Ich hab's müssen. Ich hab gewonnen, im Würfeln. Denn sie verkannten mich und sie wußten nicht, wen sie fingen, sonst hätte mich nichts gerettet. Ich aber wollte leben. Ich wollte noch einmal herkommen und Dir sagen: Matthäus Sieverroither, Du hast die evangelische Sache verderbt und also gestürzt, daß sie sich nimmer wieder kann erheben. Du! — Du! — Du!

Sieverroither. Ich?

Schwarzer Student. Du! Denn Du hast uns den Verderber geschickt — Du hast jenen schwarzen und finsteren Gesellen über die Traungauer gestellt.

Sieverroither. Und?

Schwarzer Student. Und? Frage sie, frage alle, die dabei waren: Wann habt ihr den Befehl bekommen, anzugreifen?

Marcus. Befehl? Gar keinen. Das Warten war uns zu lange und da haben wir angefangen. Erst ich mit denen von der Sieverroith. Es sind schon welche mit. Aber nur, wer's wollte und nachdem er wollte. Wir hatten keinen, der voranging und dem alle folgten.

Schwarzer Student. Nun, und es ist Befehl nach Befehl ergangen: Greift an, um Gotteswillen! Bote auf Bote hat ihn dem Christian Mittermeyer, Deinem Christian überbracht. Kennst Du den Pappenheim?

Sieverroither. Nein. Wie denn?

Schwarzer Student. Du wirst ihn kennen lernen und man wird den Namen maledeien im Lande, so lange noch einer die reine Lehre darin im Herzen trägt. Nun, der griff an mit seinen Reitern. Du hast die Harnische glänzen sehen im Sonnenschein, Du hast ihr grausam Geschrei gehört, als sie einstürmten auf die Bekenner der Schrift. Nun, Ihr hattet Botschaft. Damals, als die Panzerreiter müde waren, als der letzte Gewalthaufen bedrängt, aber noch nicht überritten war, damals war zu helfen. Ihr hättet ihm thun können, wie dem Löbel von Euren Brüdern am anderen Flügel geschehen ist. Warum kamt Ihr nicht?

Marcus. Wir hatten keine Post.

Schwarzer Student. Keine Post? Du bist brav und tapfer, ich habe Dich hernach beim Raufen gesehen. Du hast das Deinige gethan. Ich wollte, alle hätten es so. Aber wo blieben dann die Boten? Warum seid Ihr so spät gekommen, als nichts mehr zu helfen war? Ist Euer Führer feig gewesen?

Marcus. Feig? Nein, das ist der Christian nicht.

Schwarzer Student. So schlimmer.

Sieverroither. Um Gott! Wie so?

Schwarzer Student (zu Marcus). Hast Du ihn in der Schlacht gesehen?

Marcus. Ich hab schon gesagt: nein!

Schwarzer Student. Ich auch nicht und auch sonst niemand.

Sieverroither. Ja, um alle Gnade, was kam er dann wieder her?

Schwarzer Student. Der Herr liefert in die Hand der Gerechten seine Sünder, auf daß ihnen werde nach ihrem Theil. Er hat ihn verblendet, und ihm geschehe, was des Rechtes ist.

(Rufe:) Ihm geschehe, was des Rechtes ist. Er hat sich versündigt an der Gemeinde des Herrn!

Anna. Um Gotteswillen! Barmherzigkeit! Christian!

Schwarzer Student. Er hat Verrath geübt. Er ist von seinem Posten gewichen. Er hat Botschaften unterschlagen.

Sieverroither. Noch einmal sag's. Verrath hat er geübt? Ich glaub's nicht — noch nicht.

Schwarzer Student. Das that er.

Sieverroither. Mein Wahrzeichen! Mein Wahrzeichen! Er hat mich betrogen — betrogen um meinen Gott! Christian!

(Thür springt auf.)

8. Szene.

Sieverroither. Christian.

Christian. Nun? (Alles weicht ihm aus.) Gut, daß Ihr Platz macht.

Sieverroither. Fort, macht fort! allein müssen wir's ausmachen, was wir mit uns haben. (Alle ab.) Mein Wahrzeichen, Betrüger, mein Wahrzeichen! Da warst Du?

Christian. Ja, da war ich!

Sieverroither. Also, Du hast's gehört?

Christian. Natürlich. Ihr habt ja genug gelärmt dafür.

Sieverroither. Und Du hast geschwiegen zu alledem?

Christian. Gewiß, oder verlangst Du noch mehr Spektakel?

Sieverroither. Und Du bist nicht aufgesprungen: „Kerl, Du lügst! Ich bin kein Meineidiger und kein Verräther!"?

Christian. Das fragst? Du warst ja dabei.

Sieverroither. Und warum nicht? Man schneidet Dir die Ehre ab und mir auch, und Du hast kein Wort der Abwehr dafür?

Christian. Und hätt's auch dann nicht, wenn er gelogen hätte.

Sieverroither. Bursch, er hat also die Wahrheit gesprochen?

Christian. So im Ganzen schon.

Sieverroither. Und das sagst Du mir so ruhig?

Christian. Und warum soll ich lärmen dabei? Es geht schön still auch.

Sieverroither. Und wenn ich Dich dafür erschlagen lasse, wie Du's verdienst?

Christian. Zutrauen möcht ich Dir's schon. Wenn Du Dich's nur trauen würdest!

Sieverroither. Warum soll ich nicht? Der Hof ist noch mein. Die Knechte stehen noch zu mir.

Christian. Noch!

Sieverroither. Wie meinst das?

Christian. Das kannst Du Dir unschwer ausdeuten. Den Hof möcht ich. Ich will heiraten.

Sieverroither. So, und ich soll ihn hergeben? Wie kommst denn da dazu?

Christian. Das weißt Du wirklich nicht?

Sieverroither. Nein. Nein. Du hättest ihn bekommen, wärst Du gestanden, wie sich's gehört zur heiligen Sache. So aber — ich will sterben wie ein Hund, wenn Du nur eine Scholle bekommst. Ich hab Dich gern gehabt, ich hab's gut mit Dir gemeint. . . .

Christian. So gut, daß es nicht Dein Verdienst ist, wenn ich nicht heute auch hänge an der Blutlinde von Frankenmarkt — so gut, daß es nicht Dein Werk ist, wenn ich nicht auch liege bei den sechstausend anderen! Ich rede nicht gern, aber Dir muß ich das doch schon noch sagen.

Sieverroither. Um Gott, wo denkst denn hin, Christian?

Christian. Dich schau ich immer noch durch, Bauer. Du kannst schweigen und hast's gezeigt. Aber verstecken kannst Du Dich nicht vor mir. Schweig nur, schweig. Es ist mir heute gleich, ob Du redest oder nicht. Gleich, ganz gleich. Dein Reden hilft nicht mehr.

Sieverroither. Du sprichst so dunkel . . .

Christian. Es hat schon Sinn. Such Dir ihn nur heraus. Aber bald. Du hast so viel Zeit nicht mehr dazu, Bauer.

Sieverroither. Du drohst mir, Bursch'?

Christian. Ja, das thu ich.

Sieverroither. Und darfst es denn?

Christian. Sonst thät' ich's ja nicht. Ich sage Dir: Du bist in meiner Hand, Sieverroither, und Du sollst sie spüren, daß Du vor ihr verzagst! Das sollst Du! Ja!

Sieverroither. Du, ich bin wild. Ich spür's, mir kommt mein Zorn.

Christian. Zwing ihn! Ich rath Dir's.

Sieverroither. Du — stehst Du so vor mir, dann denk ich an die Zahllosen von Aschach, die nutzlos und verrathen gefallen sind, an die Heimlosen und Vertriebenen, denen man die Höfe angezündet hat....

Christian. Denk daran, wenn Du stirbst. Das hast Du gethan.

Sieverroither (taumelnd). Das hat mir heut schon einer gesagt.

Christian. So besser. Vergiß das nie. Du bist Schuld an allem und getröste Dich mit der Schickung Gottes, die Dich so hat thun lassen, wie ich mich damit getröste, wenn es mir aufsteigt wie Wuth gegen mich — ich könnte Hand anlegen an mich selber, aber vorher mußt Du daran, Du!

Sieverroither. Um Gott — und dieser Haß!

Christian. Ja, den trag ich Dir. Und ich sag Dir, gib mir den Hof im Guten oder es geschieht was! Und wenn Du betteln gehst danach, dann glaub: Es war Schickung. Ich glaub's auch, bei allem, was ich verschuldet hab', o! — und ich darf's nicht mehr glauben.

Sieverroither. Und warum nicht?

Christian. Ich bin nicht mehr calvinisch. Ich habe Messe gehört und Beichte verrichtet.

Sieverroither. Du — und warum?

Christian. Denk an eine Todte — an einen, der lebt!

Sieverroither. Was heißt das?

Christian. Noch immer nicht? Noch immer schweigen? Nun also, ich will nichts mit Dir gemein haben, nicht einmal den Glauben. Ich will Dich an den Galgen bringen können.

Sieverroither. Wie so? Wie willst das?

Christian. Ja, ich will's. Du hast Rebellen beherbergt; der geächtete schwarze Student ist bei Dir und Du hast von ihm selber gehört, was darauf steht. Ein Wort und Du hängst. Aber ich will mehr. Der Hof ist Dein Leben. Den mußt Du mir geben. Darnach will ich schweigen und Du geh betteln und sage den Leuten: Das ist der Matthäus Sieverroither, der einst der große Bauer ob Gmunden war. Geben sie Dir vielleicht etwas mehr. Kriegst auch bei mir etwas, wenn Du kommst mit dem Stecken. Ich halt Dich in der Hand. An den mußt Du, mußt!

Sieverroither. Hältst Du? Meinst Du? Da kennst Du den alten Sieverroither schlecht.

Christian. Schlecht oder gut. An's Leben will ich Dir, am Leben hab ich Dich. Gefreut hab ich mich auf den Tag — o, fast seitdem ich denke.

Sieverroither. Und warum haßt Du mich so?

Christian. Das fragst Du noch? Schlecht hast Du mich vor mir selber gemacht, ich ecke mich an, ich muß zu Grunde gehen, meineidig bin ich geworden — es reut mich nicht! aber ich bin's und Du fragst noch?

Sieverroither. Aber hab ich Dir je anderes gethan, wenn nichts Gutes?

Christian. Was denn?

Sieverroither. Ich hab Dich aufziehn lassen auf meinem Hofe.

Christian. Warum?

Sieverroither. Ich habe Deine Mutter gelitten, wie sie sonst keiner gelitten, wie sie in der Schande war.

Christian. Das sagst Du? Gut, aber warum?

Sieverroither. Ich habe Dich zum Großknecht gemacht.

Christian. Warum?

Sieverroither. Immer warum. Du sollst den Hof haben, wenn ich sterbe. Aber nein, das geht nicht mehr.

Christian. Ich wart auch nicht so lange. Gleich und von freien Stücken! — oder ich geh hin und zeig Dich an. Sie werden mir glauben und ich hab ihn so.

Sieverroither. Das wirst Du nicht thun, Christian. Du wirst meine grauen Haare nicht mit Schande zur Grube fahren lassen.

Christian. Ich werd's.

Sieverroither. Ich habe nie gebeten. Ich bitte Dich, thu's nicht. Es wird sich schon was finden.

Christian. Was soll sich finden? Im Elend mußt Du leben, wie meine Mutter und ich!

Sieverroither. Thu's nicht — um aller Barmherzigkeit willen!

Christian. Das Wort, das haß ich! (Der Alte faßt ihn an.) Laß los, sag ich, ich geh.

Sieverroither. Ich fürcht mich vor Dir.

Christian. Daß ich das gehört hab! Sterben könnt ich dafür!

Sieverroither. Thu's nicht!

Christian. Laß los!

Sieverroither. Dann zwing ich Dich — ich allein.

Christian. So komm! (Sie ringen. Der Alte stürzt zu Boden.)

Sieverroither (am Boden liegend). Thu's nicht — ich bin Dein Vater.

Christian. Das sagst Du mir zu spät. Das weiß ich längst. Just drum! (Ab.)

9. Szene.

Sieverroither (springt auf). Mein Gewehr! Sterben muß er! — Sterben! — Fort ist's. — Fort. (Stürzt vor.) Thor zu! Bindet jeden, der heraus will. (Das Thor fällt krachend zu. Christians Stimme: Loslassen, sag ich, los!)

Anna (hinter der Szene). Wer ruft? Christian! — Christian!

(Der Vorhang fällt.)

IV. Akt.

(Hof der Sieverroith. Herbststimmung. Nacht. Im Hofe flackernde Pechpfannen. Auf den Bergen Feuerzeichen im Niedersinken. Lager. Vor dem Thore geht Marcus als Schildwache auf und ab.)

1. Szene.

Marcus. Schwarzer Student.

Schwarzer Student. Ist alles besorgt?

Marcus. Du hast ja Augen.

Schwarzer Student. Die Feuerzeichen sind angezündet?

Marcus. Schau Dich um.

Schwarzer Student. Kannst nicht mehr sprechen?

Marcus. Ich mag nicht.

Schwarzer Student. Ich vertrete heute den Bauern.

Marcus. So? Kann sein, aber ich weiß nicht, wer Dich dazu bestellt hat. Und wenn: ich bin aber nicht gewohnt, mir von wem anderen befehlen zu lassen, als von ihm.

Schwarzer Student. Sei nicht so störrig! Bedenke das allgemeine Elend und füge Dich der Noth aller, die einen Führer brauchen. Wer kann das sein, als ich. Oder wollt ihr führerlos verderben?

Marcus. Kann sein, ich hab Unrecht. Aber ich bitte Dich, es ist auch so etwas über dem Hofe — man weiß nicht, will Dir wer an's Leben oder sollst Du wem an's Leben.

(Ein starkes Klopfen.)

2. Szene.
Die vorigen. Der Bauer vom oberen Bühl mit Knechten und Nachbarn.

Marcus. Wer ist's?

Stimme. Der Bauer vom oberen Bühl!

Marcus. Wer hat Dich gerufen?

Stimme. Das flammende Zeichen!

Marcus. Warum kommst Du?

Stimme. Für's evangelische Regiment!

Marcus. Das Wort?

Stimme. Es muß sein!

Marcus. Es muß sein! Grüß Gott! (Sie ziehen ein.)

Schwarzer Student. Grüß Gott! Und gar mit so vielen!

Der Bauer. Meine Knechte und was von Nachbarn da ist, sind alle mit.

Schwarzer Student. Es ist gut. Glaubst Du, daß noch wer kommt?

Der Bauer. Ich wüßt nicht, wer noch kommt. Vielleicht noch der vom Lechof. Der wär der letzte. Aber der ist lau im Glauben.

Schwarzer Student. Ruht Euch aus. Wir müssen noch heute aufbrechen und die Nacht durchmarschiren. (Sie vertheilen sich, nur der Bauer steht bei Marcus und dem Studenten.)

Marcus. Nun, und der Sieverroither — will der noch nicht?

Schwarzer Student. Ich weiß nicht. Ich traue mich kaum, mit ihm zu sprechen. Seit Mittag sitzt er in seiner Stube und blättert in der Bibel. — Blatt für Blatt schlägt er um und stöhnt dabei. Vorhin sah ich ihm eine Weile zu — eine gute Weile. Er bemerkte mich aber gar nicht. Nur einmal ließ er den Kopf schwer fallen — ich lege die Hand auf seine Schulter, er aber schnellt auf und schaut mich mit finstern Augen an, daß ich fast erschrecke. „Willst mich ausspioniren? Wart! Wirst schon noch alles hören." Aber geweint hat er nicht, wie ich mir's vorgestellt hatte.

Marcus. Weinen? Der? Da kennst Du ihn aber schon gar gut! Daß ihn aber die Sache mit dem Christian so herum gerüttelt haben soll? Oder wirklich nur, weil er wen gefunden hat, der ihn übermeistert? Wär möglich. Er war immer gar stolz auf seine Kraft.

Schwarzer Student. Was ist mit dem Christian?

Marcus. Nun, gebunden haben wir ihn. Das war Dir keine kleine Arbeit. Eine Gewalt hat der Jung in sich!

Schwarzer Student. Und jetzt?

Marcus. Jetzt starrt er vor sich hin und spricht kein Wort. Nur manchmal reißt's ihn. Und die Anna ist bei ihm, auch stumm, und weiß kein Ende mit Schluchzen. Was nun das gar werden will!

Schwarzer Student. Könnt sie ihn nicht losbinden?

Marcus. Der Anton hält Wache — und wenn? Wohin will er? Aber eins wundert mich. Aehnlich sieht er dem Bauern! Ich hab den jung nicht gekannt, aber einmal muß er was an sich gehabt haben, ganz so etwas, wie es der Christian heut hat. Man könnt fast auf Gedanken kommen. Aber jetzt bin ich doch schon zwanzig Jahre da — also da hätt man doch was hören müssen.

(Es klopft wieder.)

3. Szene.

Die vorigen. Der Bauer vom Lechof.

Marcus. Wer ist's?

Stimme. Der Bauer vom Lechof!

Marcus. Wer hat dich gerufen?

Stimme. Das flammende Zeichen!

Marcus. Warum kommst du?

Stimme. Für das evangelische Regiment!

Marcus. Das Wort?

Stimme. Es muß sein!

Marcus. Es muß sein! Grüß Gott! Spät kommst. Wir haben Dich nicht mehr verhofft zu sehen.

Der Bauer. Ich hab weit. Aber wenn's das gilt, das letzte! Sie heißen mich lau. Aber siehst — meine Buben, meine beiden Buben haben sie mir erschlagen, ich hab gar niemand mehr. Wenn ich mir denke, mein Hof ist so ganz einsam, und es wird Winter, und die Wölfe kommen vom Gebirge und bellen um den Hof, und es wird Nacht und Du siehst die grünen Augen leuchten durch die Finsterniß und da geh ich lieber wo die sind. — Du hast niemand mehr, der zu Dir steht und zu Dir gehört — das halt ich nicht aus. Und noch dazu, wenn der Sieverroither ruft, wer käme dann nicht?

Marcus. Da siehst Du, wie sie zu ihm halten.

Schwarzer Student. Ja, wäre er selber mitgekommen, wie es noch Zeit war! Aber jetzt!

Marcus. Jetzt ist nichts mehr zu retten, meinst Du?

Schwarzer Student. Ich glaub es beinahe. Nur daß der Herr gewaltig wird in uns und seine Wunder thut.

Marcus. Du, der thut Dir keine Wunder mehr!

Schwarzer Student. Aber man hofft's doch.

Marcus. Ist besser, man thut's nicht. So grimmiger ist man danach.

(Die Hauptthür ist aufgesprungen.)

4. Szene.

Die vorigen. Sieverroither.

Alle. Endlich!

Sieverroither (geht langsam vor.) Mir thut's weh in den Augen. Nun ja — erst die Finsterniß und jetzt das Flackern. Das thut mir weh in meinen alten Augen.

Marcus. Sollen wir uns zum Aufbruch schicken?

Sieverroither. Noch nicht.

Schwarzer Student. Wir haben Eile. Nur bei Nacht können wir noch marschiren und uns mit unseren Brüdern vereinigen, die noch vom Flachlande heraufziehen und mit denen, die Gmunden berannten und nun abstehen müssen davon. Bei Tage schlachten uns die Feinde einzeln. Ich habe Nachricht, daß sich die Unsrigen alle heute Nacht bei Pinsdorf lagern.

Sieverroither. Noch nicht.

Schwarzer Student. Du hast auch die Nachbarn noch nicht begrüßt, Matthäus.

Sieverroither. Wer ist Dein Matthäus? Und willst Du mir sagen, was ich zu thun habe?

Schwarzer Student. So war's nicht gemeint.

Sieverroither. So überleg's Dir besser, was Du sagst. Marcus, läute die Glocke. (Alle kommen herzu, Anton auch.) Das gellt! Marcus!

5. Scene.

Die vorigen. Alle aus der Sieverroith.

Marcus. Was willst, Bauer?

Sieverroither. Mich schwindelt's. Führ mich zur Bank. Ich glaub, ich seh nichts — keinen Schritt seh ich. Sitzen will ich, sitzen! (Alles drängt sich um ihn.) Sind das alle? Wenige sind's, wenige! Na — am Ende, für das, was noch zu thun ist, sind's genug.

Schwarzer Student. Also, sollen wir abziehen?

Sieverroither. Wirst's schon hören, wann's an der Zeit. Dorthin, wohin wir müssen, kommen wir immer noch zeitlich genug. Es ist nur...

Marcus. Was meinst?

Sieverroither. Nichts! Drängt Euch nicht so um mich! Da starren sie mich an. Das mag ich nicht. Wer hat die Wache gehabt?

Marcus. Beim Thore ich.

Sieverroither. Nein, anderswo.

Marcus. Beim Christian meinst?

Sieverroither. Den Namen hab' ich nicht verlangt.

Marcus. Anderswo — der Anton.

Sieverroither. Ist recht — ist ein zuverlässiger Bursch. Und jetzt?

Marcus. Jetzt ist niemand bei ihm.

Sieverroither. Ist gut so. Ist nicht mehr nöthig, daß wer bei ihm ist. Bist brav, Marcus, ich werd Dir's gedenken. Ja so, das geht nicht mehr. Also, Ihr geht alle mit und Ihr wißt, daß vielleicht keiner am Leben bleibt von allen?

Schwarzer Student. Warum sagst Du das heraus?

Sieverroither (steht auf.) Weil ich will! Und warum soll'ns die Knechte nicht wissen? Ist besser, es bleibt dahinter, wer nicht mit will mit freudigem Herzen. Also Ihr habt mich verstanden und Ihr wollt alle mit?

Rufe: Wir wollen!

Sieverroither. Kurios. Sind so viele doch und nicht einer will abfallen! Aber Euch hätten sie am Ende nichts gethan. Aber uns! Wir haben ja nur die Wahl, ob sie uns ausräuchern werden wie die Füchse, oder ob wir uns wehren wie die Wölfe — wie Wölfe! (Er taumelt.)

Marcus. Ist Dir schlecht, Bauer?

Sieverroither. Nein, nein. Ich hab nur an wen denken müssen.

Schwarzer Student. Hast Du sonst noch was zu befehlen, vor dem Aufbruch?

Sieverroither. Hat's der eilig! Kann noch nicht fort. Muß vorher noch was geschehen. Meines Haus möcht ich machen.

Schwarzer Student. So verstör mir wenigstens die Leute nicht oder wir lassen Dich zurück.

Sieverroither. Probir, ob sie Dir folgen.

Schwarzer Student. Nun denn, es gilt. Brüder, vorwärts! Will der durchaus nicht, warum soll uns sein Eigenwille hindern, zu thun, was geschehen muß? Ihr kennt mich, es hat mancher von Euren Söhnen unter mir gedient. Ich will Euch führen.

Rufe. Bis der Sieverroither geht! Hörst nicht, er ist noch nicht fertig! So lange können wir noch warten!

Sieverroither. Siehst, das hast du wohl auch gar nöthig gehabt. Ja, ja! Aber freuen thut's einen doch.

Marcus. Was freut Dich?

Sieverroither. Daß Ihr gar so steht zu mir, das freut mich.

Marcus. Von mir weißt du es, denk ich, lange genug. Ich hab niemand gekannt, dem ich hätte so folgen können, und ich werde auch keinen mehr kennen. Du bist der gerechteste Mensch, den ich je gefunden habe.

Sieverroither. Meinst? Na, dann wirst bald schauen! (Zum Studenten.) Sollst mir jetzt keinen Zorn tragen. Du bist ein Schriftgelehrter. Hast Du auch schon herausgefunden, was für ein furchtbares Buch das Wort Gottes ist?

Schwarzer Student. Furchtbar? Es ist tröstlich.

Sieverroither. Das denkst Du nur so. Ich weiß es besser. Du, ich hab heute darin gelesen, ich weiß gar nicht, wie lange. Aber nicht einen Spruch hab ich Dir darin gefunden, der mir nicht Schauer gebracht hätte. Ist das nicht eigen? Wie deutest du mir das aus, Schriftgelehrter? Du warst ja Student.

Schwarzer Student. Ich hab's nie gefunden. Aber ich beschwöre Dich, mach ein Ende.

Sieverroither. Wüßt man nur wie, wüßt man nur wie! Aber zurücklassen kann ich ihn nicht.

Marcus. Geht's um den Christian?

Sieverroither. Ich mag keinen Namen hören! Ich mag nicht. Aber jetzt ist's schon eins. Ja, um den geht's, und was mit dem werden soll.

Marcus. Was willst Du, daß mit ihm geschehe?

Sieverroither. Ich hab da nichts zu wollen. Ich nicht. Ihr alle müßt mich hören und richten, denn wir sind die Gemeinde des Herrn. Was? Und sein Wort lebt nur noch in uns und sonst nirgendwo im Lande. Wie das nur gekommen ist? So über Nacht und man wundert sich. Und daß er so viel Schuld haben soll daran! Und hat doch wieder keine!

Schwarzer Student. So trage deine Sache vor, daß wir fort können. Wir wollen richten. Ich aber glaube, er muß sterben.

Sieverroither. Meinst das schon jetzt und weißt eigentlich noch gar nichts? Was wirst erst nachher sagen? Aber jetzt begreif ich, was ich einmal hab nicht verstehen können: „Rottet Eure Widersacher aus mit der Schärfe des Schwertes!" und danach wieder: „Ihr sollt ihnen keinen Haß tragen im Herzen!" Aber laß ich ihn zurück, so verschmachtet er mir hilflos oder es geschieht ihm noch Aergeres und leben darf er mir nicht. (Mit lauter Stimme) Nachbarn!

6. Szene.

Anna. Sprich noch nicht, Bauer. Ueberleg's noch.

Sieverroither. Thu ich dir auch weh, Annerl? Aber ich hab's lange genug überlegt und es muß sein. Nachbarn! Männer und Burschen! Ich hab gesündigt im Geheimen und ich will's bekennen vor der Gemeinde.

Rufe. Der Sieverroither spricht! Der Sieverroither!

Sieverroither. Ihr kennt mich alle seit vielen Jahren, Du vom Lechof und Du vom Bühl gar, seitdem wir leben. Ihr habt mich für gerecht gehalten alle die Zeit . . .

Rufe. Das haben wir, das thun wir!

Sieverroither. Ich bin es nicht. Ihr habt mich für wahrhaftig gehalten . . .

Rufe. Das bist! Es weiß es keiner anders!

Sieverroither. Ich bin es nicht. Ihr habt mich für muthig und aufrecht gehalten . . .

Rufe. Was fragst? Wir wollen Dir's alle bezeugen!

Sieverroither. Ich bin es nicht. Ich habe Unrecht gethan, ich habe gelogen, ich war feig. Mögt Ihr mich noch zum Führer?

Rufe. Wir glauben's nicht! Sprich weiter! Wir müssen es hören!

Sieverroither. Ihr sollt es auch. Ihr habt die Christine gekannt, die bei mir auf dem Hofe war?

Rufe. Ja, ja! Was soll die?

Sieverroither. An der hab ich mich versündigt. Sie war mein und der Christian ist mein Kind.

Rufe. Der Christian? — Der? — Also das! — Darum? —

Schwarzer Student. Das ist eine läßliche Sünde; die lohnt es nicht, daß wir uns darüber verweilen und darüber die Zeit versäumen.

Sieverroither. Läßliche Sünde? Du sprichst nach Deinem Verstande. Ich aber sage Dir, es gibt keine läßliche Sünde, sondern alle sind sie gleich in den Augen des Herrn, und er sucht sie heim zu ihrer Zeit. Er hat sie auch an mir heimgesucht und hat mich gefunden mit der Macht seines Armes. Ich aber will mich ihrer abthun, ehe ich mich in seine Hand gebe. Denn es steht geschrieben: „Du sollst nichts dulden in deiner Mitte, was unrein ist oder verworfen." Aber ihr habt auch mein Weib gekannt —

Rufe. Wir haben! Wir haben!

Sieverroither. Also. Ihr wißt, was lang sie mir gelegen ist. Und ich war damals jung und stark und stolz und hab unbehaust sein müssen in solchem Reichthum. Das hat an mir gefressen und ich hab mich hart gesorgt: „Matthäus, wenn dich der Herr ruft, wer soll nach dir Herr sein dort, wo du es gewesen bist und deine Väter?" Das war meine Sünde. Denn wir haben uns nicht zu sorgen, sondern seine Schlüsse zu nehmen, wie er sie angesetzt hat und versiegelt von Ewigkeit. Und da las ich in der Bibel von Abraham, seinem Weibe Sarah, von Hagar, der Magd, und Jsmael, ihrem Sohne. Und so hab ich mich versündigt auch in der That, wie vorher nur in Gedanken. Aber mein Jsmael hat seine Hand gegen mich erhoben, wie jener gegen die Söhne Abrahams seinen Haß trägt.

Also: der Bub ist zu seiner Zeit gekommen. Da hat's angefangen. Denn die Christine hat mich sehr gejammert und ich hab doch nicht gewußt, was soll ich thun und wie soll ich ihr helfen. Denn ich hab mich geschämt vor meinem Weibe, daß ich ihr bekennen soll, was ich mich vergangen, und ich hab mich auch gefürchtet vor ihr und ihrer Frömmigkeit. Und also war ich feig und habe lieber geduldet und zugesehen, wie sie mein Mädel und mein Blut getreten haben und mißhandelt. So hab ich denn auch gelogen. Denn ich habe dem Studenten und anderen gesagt, das leid ich — mehr, das hab ich so gewollt, weil ich will, daß er zornig und stark werde, wie ein reisiger Wolf. Aber ich hab's gethan nur in der Angst meines Herzens und weil ich mich nicht verrathen wollte vor meinem Weibe und vor meinen Leuten. Ich habe also die Menschen mehr gefürchtet als meinen Gott. Ist das auch eine läßliche Sünde, Student?

Und wenn die Christine gekommen ist zu mir an einsamen Oertern und sonst, wo uns niemand gesehen hat, und vor mir gekniet und zu mir geschrien hat: "Erbarme Dich!" — da hab ich sie getröstet und mich: "Mein Weib wird ja sterben und dann ist alles gut". Aber sie ist nicht gestorben, und später, da hab ich ihr gedroht, und daß ich sie vom Hofe jage, und wenn ich's gethan hätte, und sie hätt Euch aufgerufen gegen mich: Wem hättet Ihr geglaubt, ihr oder mir?

Rufe. Dir, Dir, Sieverroither!

Sieverroither. Also. Und sie hat das auch gewußt und sie hat mich, mein ich, nie gern gehabt und sich immer nur gefürchtet vor mir, und auch das war mir nicht recht. Je älter aber meine Sünde war, desto minder hab ich sie wollen bekennen. Sie ist verkommen darüber, und als mein Weib starb, da war's auch aus mit ihr. Noch ganz zuerst in der Trauer, noch ehe ich gewußt habe, was ich soll, ist die Christine gestorben. Ich aber habe auch dann nicht gesprochen, und dem Christian nicht gesagt: „Du bist mein Sohn", sondern ich dachte: Bist Du mein Erbe, so ist's recht. Und als er mir nicht gefiel in seiner Zornigkeit, da schickte ich ihn in den Krieg, daß der Herr entscheiden solle, ob er lebe oder nicht. Das aber war wiederum sündig, denn es steht geschrieben: „Du sollst dir nicht Lose machen noch Wahrzeichen!" Also hab ich gesündigt vielfach, offen und insgeheim. Wollt Ihr mich noch zum Führer?

Rufe: Wir wollen! Wir wollen!

Sieverroither: Es ist gut. Auch könnt Ihr mich nicht richten, denn ich bin fortab in der Hand Gottes. Er wird mich nicht entlassen daraus und Ihr seid nicht über mir. Jenem aber könnt ihr thun nach seinem Recht. Er hat Eure Sache verrathen, mit Bewußtsein, bei Aschach. Was steht darauf?

Rufe. Er muß sterben!

Sieverroither. Er ist abgefallen von seinem Glauben und hat Bündnis geschlossen mit seinen Feinden. Was steht darauf?

Rufe. Er muß sterben!

Sieverroither. Er hat die Hand erhoben wider seinen Vater, ihn zu schlagen, und hat meine grauen Haare mit Schande bringen wollen an den Galgen. Was steht darauf?

Rufe. Er muß sterben! (Marcus ab.)

7. Szene.

Sieverroither. Der Herr hat gesprochen.

Anna. Um alle Barmherzigkeit, Bauer, um alle Gnade!

Sieverroither. Was willst?

Anna. Um alle Gnade! Sei nicht so. Schau, er hat alles verloren, alles! Ich weiß. Mich hat er verloren, ich hab ihn lieber als das Licht meiner Augen und ich muß von ihm lassen. Ich kann nicht mehr zu ihm — ich weiß, denn ich kann es nicht. Den Hof hat er gewinnen wollen — das ist aus. Er bekommt ihn nicht. Das seh ich. Er wird verderbt, verspielt hat er alles, weil er hat zu viel gewinnen wollen; ich seh's. Aber leben laß ihn — um Gotteswillen, laß ihn leben, leben! (Aufschrei hinter der Szene. Christian stürzt vor. Hinter ihm Marcus.)

Christian. Ist's recht? — So recht? — Hast, was Du gewollt hast? — Ah, ich hab's. Umsonst — Alles umsonst. (Stürzt nieder und stirbt.)

Sieverroither. Wer war das?

Marcus. Ich hab's gethan. Ich hab ihn losgebunden, weil ich kein Metzger bin, und ich hab den Stich geführt in seine Brust.

Sieverroither. Du? — Und warum?

Marcus. Weil die Brüder gesprochen haben und weil ich nicht wollte, daß er so lebe, wie er leben hätte müssen.

Sieverroither. Du? Gerade Du hast es nicht gewollt? — Und warum?

Marcus. Weil ich ihn gerne gehabt habe.

Sieverroither (aufschreiend). Alle haben sie ihn gerne gehabt — alle, und das hört man erst jetzt! (Stürzt über der Leiche nieder.)

8. Szene.

Schwarzer Student. Kniet nieder zum Gebet, vielleicht zum letzten in der Heimat! (Es geschieht.) Ihr habt es manchmal angehoben, ehe ihr in den Kampf gingt, manchmal in Kirchen. Erhebt's noch einmal, damit sich der Herr erbarme über sein Volk:

Nun betet alle, Mann für Mann,
Das Beten gilt ein Schwur:
Herr, hilf uns von der Pfaffen Bann
Und von der Herren Schur.
Laß Freiheit uns erwerben,
Und wenn der Salzbund bricht,
Herr, gib ein selig Sterben,
Danach ein mild Gericht!

Es drohen Wetter um und um,
Und fährlich ist der Streit;
Uns zeigt Dein Evangelium
Den Weg zur Seligkeit.
Und müssen wir verderben,
Weil Satan mit uns ficht:
Herr, gib ein selig Sterben,
Danach ein mild Gericht!

(Die letzten zwei Zeilen werden als Refrain wiederholt.)

9. Szene.

Sieverroither. Wer betet da vor, so lange ich lebe? Wer befiehlt auf der Sieverroith? Feuer in den Hof! (Einige ab.) Es will nicht aufgehen.

Marcus. Gerade schlägt's auf.

Sieverroither. Es hat lange genug geglost. Nun soll es brennen. Die Waffen hoch!

Zurufe. Für's evangelische Regiment! Es muß sein! Es muß sein! Es muß sein! Es muß sein!

(Während der Hof in Flammen aufgeht und die Höhenfeuer in sich zusammensinken, fällt langsam der Vorhang.)